LUCA hieß mal ConCrafter und hat zu Minecraft Videos aufgenommen und ein Buch geschrieben. Irgendwann hat er entschieden, dass er nur noch Luca heißen will und auch nur noch Videos aufnimmt, die fast nichts mehr mit Minecraft zu tun haben. Diese Videos lädt er auf YouTube hoch und ist damit sehr erfolgreich. Außerdem mag er Pizza.

Weitere Informationen finden Sie auf www.fischerverlage.de

ConCrafter

HALLO,
MEIN NAME IST LUCA.

Bildnachweis:
Alle Photographien: © ConCrafter|LUCA
Illustrationen: © Christiane Hahn
shutterstock: S. 4 f © OHishiapply

3. Auflage 2018
Erschienen bei FISCHER Taschenbuch
Frankfurt am Main, Januar 2018

© 2018 S. Fischer Verlag GmbH, Hedderichstr. 114, D-60596 Frankfurt am Main

Layout und Satz: Christiane Hahn und Christina Hucke, Frankfurt am Main
Druck und Bindung: GGP Media GmbH, Pößneck
Printed in Germany
ISBN 978-3-7335-0382-6

HALLO, MEIN NAME IST

LUCA

INHALT

Hallo, mein Name ist … 12

Wird es ein Junge, wird es ein Mädchen? 15

Wozu ein Babyphone? 18

Home Sweet Schweinestall 20

Föntastisch 22

Jung im Oldtimer 24

Sein Zipfel 29

Abgang in 3… 2… 1… Plumps –
Oder: Wer nicht hören will, muss fühlen 32

Wo ist der Papa? Da ist der Papa! 40

Schokoladenseite 44

Kreativmuffel 47

Der eine wahre König der Löwen 50

Nordsee, Nordsee, Nordsee. 53

Happy Spaceday! 58

Ab durch die Windschutzscheibe 61

Das erste Mal Fan 67

Idole sind auch nur Menschen 70

So sind Mütter 74

10. Geburtstag 79

First Love? 83

Birdy 86

Achterbahnfahrt nach Mallorca 91

Ein Kaninchen, biiiiitte! 106

Wer braucht schon Mathe? 110

Das spezielle Hobby 112

Liebeskummer 117

Geld verdienen 122

YouTube-Start 132

Schimpf-wörter 134

Nicht anfassen! 138

Fussball oder Kirche? 142

Zeig dich! 146

Zwei Räder 149

Die Bahn macht den Schnitt 158

Und plötzlich ging es ab! 163

High-Five-Fail 167

Workaholic 169

Winter is Coming! 170

Ein neues Talent? 180

What a Dog! 186

O Schmerz, das Herz! 190

Hallo, mein Name ist ... nicht Luca. Ich habe nicht mal einen Kanal auf YouTube. Groß reden ist nicht so meine Stärke, sonst hätte ich ja auch einen YouTube-Kanal und würde kein Buch schreiben. Einen Account bei Snapchat, Instagram, Twitter oder Facebook habe ich auch nicht. Und wenn ich nicht zufällig die Mama von Luca wäre, hätte ich wahrscheinlich noch nie etwas von »Conqueror LP« gehört.

Mama! So hieß mein allererster Kanal, den es schon gar nicht mehr gibt! Du weißt doch, dass mein Kanal seit fünf Jahren ConCrafter heißt.

Minecraft, Let's Play, VLog, Gameplay, Challenge – ich verstehe davon nichts. Im Gegensatz zu Luca, der das anscheinend so gut kann, dass ihm Leute freiwillig dabei zuschauen. Das ist ziemlich verrückt – eigentlich ist Luca für mich immer noch ein kleiner schüchterner Junge auf dem Weg in ein stinknormales Leben. Ein Junge, der erst mal krabbeln, laufen und sprechen lernen muss. Der in den Kindergarten und in die Schule geht. Und jetzt steht dieser Junge jeden Tag vor der Kamera und erzählt von seinem Leben – für das sich auch noch Leute interessieren. Warum die ihm gerne folgen, weiß ich allerdings nicht. Ob er irgendwas anders macht als die vielen anderen Kanäle?

Leute – fast 3 Millionen sind schon ein bisschen mehr als ein paar Leute.

fast 3 Millionen

Pff. Ein bisschen mütterliches Vertrauen in meine Kreativität wäre ja schon ganz nett.

Ich bin Luca. Alle sagen, ich wäre süß und niedlich. Am 21.02. war ich genau 55cm süß und 3550g niedlich. Das war der As mittwoch, an dem bis 8:49 Uhr noch alles kuschelig warm war plötzlich ganz eklig kalt wurde. Obwohl an diesem Tag alles vorbe hat bei mir alles angefangen. Ich habe Glück, meine Eltern sind okay. Mama mag ich doppelt. Sie hat immer zwei tolle Luftballo mich dabei, die sind lecker und gemütlich. Papa ist anders. De oben Bier rein und wird dann gemütlich. Ich habe mich jetz eingelebt und ...

**Flaaaaaah!
Das stimmt nicht -
auf Seite 130
ist auf keinen Fall
ein Tagebucheintrag!**

Für mich als Mutter ist so ein YouTube-Kanal auf jeden Fall sehr praktisch! Manchmal schaue ich einfach seinen Kanal, um zu sehen, was ihn gerade so beschäftigt. Man bekommt ja sonst nichts mit von ihm! Andere Mütter müssen heimlich die Tagebücher durchforsten, um einen Einblick in die ganz persönliche Gefühlswelt ihrer Kinder zu bekommen. Übrigens, Lucas Tagebucheinträge sind komplett abgedruckt ab Seite 130.

O Gott, das kann ja lustig werden.

Während ich die Videos von Luca geschaut habe, ist mir allerdings eins aufgefallen: Luca erzählt nicht viel davon, wie sein Leben so aussah, bevor er YouTuber wurde. Und wenn er doch mal davon erzählt, dann stimmt das meistens vorne und hinten nicht. Ich habe mir also gedacht, dass irgendjemand das mal richtigstellen muss. Es gibt so viele Geschichten aus seiner Kindheit, die Luca nie erzählt. Dabei scheinen die Leute sich dafür zu interessieren, in was für einer Welt Luca aufgewachsen ist.

Wie es für seine Familie und Freunde war, als er seine erste View-Million hatte, und wann Mama und Papa das erste Mal erfahren haben, dass er überhaupt Videos macht. Denn das wussten wir lange Zeit gar nicht. Dieses Buch soll ein kleiner Einblick in Lucas Welt sein – die, von der er nichts erzählt. Ich zeige euch, wie Luca aufgewachsen ist und was ihn beschäftigt hat, bevor YouTube seine Leidenschaft wurde. Von Kindergarten bis Universität. Von Liebeskummer bis zu ersten großen Erfolgen. Und Gott sei Dank habe ich über die Jahre den ganzen Krempel an Zeugnissen, Einladungen, Urkunden und Fotos aufbewahrt. Das ist vielleicht irgendwann noch mal nett zu sehen, habe ich damals gedacht. Und jetzt kann man sogar Lucas merkwürdige Kinderkritzeleien wirklich gebrauchen!*

*Das ist also der Weg meiner Kunst: Nach ihrer Erschaffung hängt sie ein paar Wochen am Kühlschrank, wandert dann in den Keller und landet schlussendlich in diesem Buch! Wow!

WIRD ES EIN JUNGE, WIRD ES EIN MÄDCHEN?

Im Nachhinein frage ich mich, warum der Arzt mir während der Geburt alles so genau erklärt hat. Ich meine, ich hatte schon genug um die Ohren, da brauchte ich nicht noch eine lange medizinische Erklärung. Wenn er jemanden gebraucht hätte, der seine Mitarbeiter vor Schmerz zusammenschreit – das hätte ich problemlos übernehmen können. Aber mit der Erklärung, dass sich ==die Nabelschnur um den Hals des Babys gewickelt== hat, konnte ich nun wirklich nichts anfangen. Was sollte ich denn tun? Die Nabelschnur liegt schlecht? Okay, dann ... presse ich jetzt mal ein bisschen in die andere Richtung?! Irgendwie hat der Arzt es dann auch ohne meine Hilfe hinbekommen, die Nabelschnur zu enttüddeln, und das Baby kam heile auf die Welt.

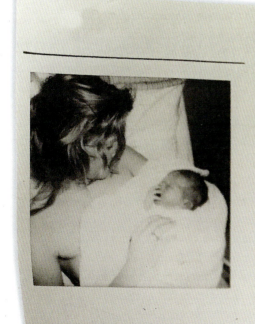

Bis zu dem Zeitpunkt kannten wir das Geschlecht unseres Kindes aber noch nicht. Bei allen Vorbereitungen für unser ungeborenes Kind mussten wir also immer neutral bleiben, geschlechtsneutral. Blau, rosa, rot – das kam nicht in Frage für die Wände des Babyzimmers. Puppen und Autos wollten wir auch nicht kaufen. Deswegen wurde es der Bibo von der Sesamstraße aus Plüsch. Der passt gut zu Jungen und zu Mädchen. Und weil der gelb ist, haben wir die Wände auch gelb gestrichen. 21 Jahre später ist Gelb immer noch Lucas Lieblingsfarbe. Damit kann man zufrieden sein, denke ich. Er ist nicht so ein Langweiler wie die meisten Jungs, deren Lieblingsfarbe Blau ist, aber es ist zum Glück auch nicht Rosa geworden.

Allerdings hatte Luca kurze Zeit später eine, nun ja, besondere Phase mit seinen Haaren … Da wussten Außenstehende nicht so genau, was Sache ist, und haben mich immer gefragt: Ist es ein Junge oder ein Mädchen?

> Das ist ja wohl auf deinem Mist gewachsen! Ich kann doch nichts dafür, dass du mir mit drei Monaten eine Mädchenfrisur verpasst hast. 😠

Ab dem Moment, an dem wir Luca zum ersten Mal zu Gesicht bekommen haben, war uns klar: Der Junge muss Luca heißen. Wir sind also selbstbewusst zum Standesamt gegangen, um die Geburt unseres ~~Wonneproppens~~ *tollen ersten Sohnes anzuzeigen. Das Standesamt in Bielefeld ist direkt neben dem Rathaus. Das Rathaus selbst ist über hundert Jahre alt und hat einen wunderschönen Giebel. Früher besaß es einen hohen Turm, der leider im Krieg durch eine Bombe zerstört wurde. Das Standesamt im neuen Rathaus ist aus Beton und Glas. Da waren wir gleich ein bisschen weniger selbstbewusst. Und dann hat uns drinnen auch noch ein unfreundlicher Beamter mit imposantem Schnauzer empfangen und gesagt, dass Luca mit »c« kein eindeutiger Jungenname sei. Punkt. Er sähe nur zwei Möglichkeiten: Wir könnten einen völlig anderen Namen wählen (niemals), oder ==einen Zweitnamen beigeben, der eindeutig einem Geschlecht zuzuordnen sei.==*

*Wahrscheinlich haben meine Eltern mich im gelben Shirt auf das Standesamt getragen. Und der Beamte so: „Gelbes Shirt? Ja, keine Ahnung, ob das ein Junge oder ein Mädchen ist!"

Weil man uns nicht glauben wollte, dass Luca ein Junge ist, heißt er jetzt also Luca Tilo. Und dann lese ich in der Zeitung, dass die Kinder von Promis »Apple«, »Northwest« oder »Zowie Bowie« heißen. Da kann Luca mit seinem Tilo natürlich nicht mithalten. Hätten wir gewusst, dass Luca mal so viele Leute zugucken, hätten wir ihm natürlich auch einen spektakulären Namen gegeben: »Luca Sambuca« oder »Luca Ctus« oder »Luca Spodolski«.

17

WOZU EIN BABYPHONE?

Die ersten Monate mit Luca waren echt anstrengend. Erst kam im Gesicht die Babyakne. Viele kleine unschöne Pickelchen, verteilt über das ganze Gesicht. Glaubt man gar nicht – wenn man ihn heute so anschaut, sieht er ja eigentlich ganz gut aus.

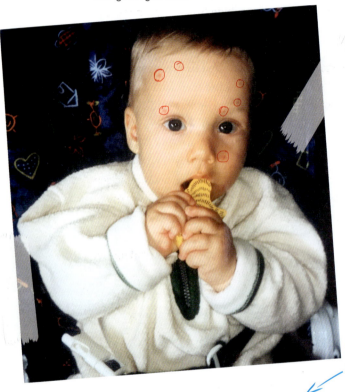

Kurz darauf kamen die Dreimonatskoliken, Bauchkrämpfe also. Babys mit Bauchkrämpfen, das heißt ganz viel Babygeschrei. Und auch sehr, sehr viele Blähungen. Wirklich sehr, sehr, sehr, sehr, sehr viele Blähungen. Man kann sich das vorstellen: kleines Baby, großer Magen, viel Luft im Bauch. Viel geschlafen haben wir in der Zeit alle nicht. Luca hatte so heftige Bauchschmerzen, dass er nicht zur Ruhe kam und heftig weinte. Er konnte ja noch nicht herumlaufen, sodass sich die Luft in Richtung Darmausgang bewegt hätte!

Wir mussten viel Geduld aufbringen, doch irgendwann hatten wir Luca abends in den Schlaf geschaukelt. Er lag in seinem Babybettchen, schlummerte seelenruhig vor sich hin. Wir waren froh, ein paar ruhige Stunden zu haben, in denen wir vielleicht selbst ein bisschen schlafen könnten. Aber die Rechnung hatten wir ohne Luca gemacht. Nach kurzer Zeit hörte man ihn wieder. Weil Luca wieder Bauchschmerzen hatte, fing er an zu schreien – und dann ging alles wieder von vorne los.

Das einzige Gegenmittel: Luca vormachen, er wäre Superman. Man musste ihn auf den Bauch in eine Hand legen und mit der anderen Hand über den Rücken die Blähungen rausstreichen. So konnte er sich ~~groß und stark~~ fühlen und glauben, er könne fliegen (konnte er gar nicht).

Einen Vorteil aber hatten die Blähungen: Das Geld für ein Babyphone konnten wir uns sparen.

Vielen Dank für diese Klarstellung, Mama.

HOME SWEET SCHWEINESTALL

Lucas erstes Zimmer war ein Saustall. Im Wortsinn. Denn als Luca im Jahr 1996 das Licht der Welt erblickte, lebten wir auf einem umgebauten Bauernhof, und wo vorher das Hausschwein seinen Stall hatte, war jetzt Lucas Zimmer.

Lucas Uropa, also der Opa von seinem Papa, hatte in seinen jungen Jahren einen kleinen Bauernhof betrieben. Ein paar Felder, auf denen Getreide und Gemüse angebaut wurde, drei Hühner, zwei Kälber, ein Schwein. Das reichte damals aus, um die Familie zu versorgen. Eigentlich ist das eine schöne Vorstellung: Man arbeitet nur für die eigenen Bedürfnisse, lebt auf dem Land, ist jeden Tag in der freien Natur.

… und man muss den Schweinemist entsorgen und sich von den Hühnern anpicken lassen und jeden Morgen viel zu früh aufstehen und hat immer dreckige Hände und kein Geld für gar nichts.

Als Lucas Uropa zu alt wurde, um den Betrieb am Laufen zu halten, haben wir die alte Scheune repariert, und für unsere kleine Familie ausgebaut. Nach seiner Geburt bekam Luca genau den Raum als Babyzimmer, unter dem früher das Schwein hauste. Ein Saustall* also! Das traf dann als Beschreibung auch oft zu, als Luca die ersten zweieinhalb Jahre dort wohnte.

In diesem neuen Zuhause (also dem Schweinestall) hat Luca auch sein erstes Wort gesprochen. Ich habe mich riesig gefreut, aber eigentlich ist es sehr unspektakulär: Mama. Wahrscheinlich war das auch der erste Laut des Ferkelchens, das früher dort aufwuchs.

Mama! DU warst doch diejenige, die nie aufgeräumt hat ... Hauptsache jetzt alles auf mich schieben ...

Warte, von wem spricht sie gerade? Von mir oder von dem Schwein vom Uropa?

Im Jahr 1998 sind wir aus unserem Bauernhof wieder ausgezogen. Ich war mit Lucas Schwester schwanger, und wir benötigten mehr Raum. Im neuen Haus hatten beide Kinder ein eigenes Zimmer, und im Garten war viel Platz. Da bauten wir für sie ein schönes Klettergerüst.

*Mein Sinn für Ordnung und Sauberkeit entwickelte sich erst später.

FÖNTASTISCH

Nach ein paar Monaten waren die Koliken von Luca durchgestanden. Das heißt aber nicht, dass Luca aufgehört hätte zu schreien. Im Gegenteil. Schreien war wahrscheinlich das Erste, was Luca so richtig gut konnte. Die Frage war: Warum? Warum schreit das Baby? Koliken gab es keine mehr, aber Luca hatte so seine Probleme damit, zu artikulieren, an was es ihm fehlt. Hat er Hunger, ist ihm zu kalt, ist ihm zu warm? Ist die Windel voll? Will er einfach nur Aufmerksamkeit?

Irgendwann habe ich festgestellt, dass der kleine Knirps sich total freut, wenn man ihn behutsam anpustet (so wie man das tut, wenn ein Kind Aua gemacht hat). Schön von Kopf bis Fuß und wieder zurück. Sofort hat sich dann das zerknautschte Gesicht entspannt, das Geschreie hat aufgehört, und Baby-Luca fing an zu lächeln.

Nach der Supermanhaltung war Anpusten also das nächste große Ding im Leben des kleinen Mannes. Minutenlang, von oben bis unten, vom Scheitel bis zur Sohle, die kleinen dicken Ärmchen hoch und runter – auf die Dauer wird selbst so ein bisschen Gepuste echt anstrengend. Lucas Papa, ein Pragmatiker vor dem Herrn, wurde das ständige Gepuste schnell zu nervig. Also hat er sich Luca auf den Arm gelegt, ist mit ihm ins Badezimmer gegangen, hat den Föhn angeschmissen und einfach mal auf Luca gehalten. Und was soll ich sagen, anföhnen war der Renner! Stundenlang lag Baby-Luca lächelnd unter dieser wärmenden Brise.

Das ist ja wohl mehr als nachvollziehbar. Ich würde mir sofort einen Zwei-Meter-Föhn übers Bett hängen. Im richtigen Abstand, nicht zu heiß und auch nicht zu stark und nicht zu laut - vielleicht hab ich gerade eine Marktlücke entdeckt! Demnächst im luca-shop.de: Zwei-Meter-Föhne!

Zehn Jahre später bin ich mit Luca im Winter in der Innenstadt einkaufen gegangen. Bei Eiseskälte standen wir vor einem großen Kaufhaus. Im Eingangsbereich hielt eine warme Luftschranke die kalte Außenluft aus dem Kaufhaus fern. Obdachlose wärmten sich in der Belüftung nach einem kalten Tag auf. Und was hat Luca gemacht? Er hat sich direkt dazugestellt und sich auch die warme schöne Brise ins Gesicht blasen lassen. Er hat wieder genauso gelächelt wie damals als angeföhntes Baby. Und wenn ich mir heute Lucas Haare anschaue, dann scheint er immer noch viel Zeit mit dem Föhn in der Hand zu verbringen!

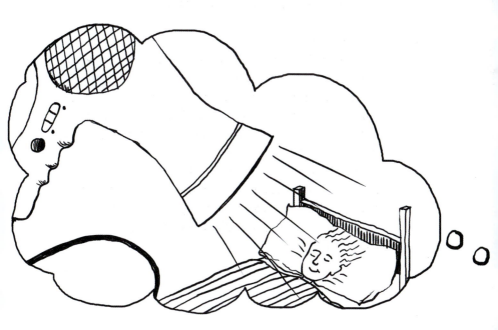

JUNG IM OLDTIMER

Männer und Autos. Aus irgendeinem Grund ist das eine ganz besondere Beziehung. Als Frau denkt man manchmal, dass man für den eigenen Mann eine wichtige Rolle spielen würde. Wenn schon nicht das ganze Jahr, dann vielleicht wenigstens am Hochzeitstag. Aber wenn das zufällig auch der Tag ist, an dem dein Mann seinen Oldtimer fertig restauriert hat, dann bleibt der Hochzeitstag auf der Strecke.

Oh oh, das hat bestimmt Ärger gegeben …

Die abgeschnittene Jeans! Es hat nur circa 19 Jahre gedauert, dann war sie wieder modern!

Das wäre erst mal kein Riesenproblem gewesen, wenn der Oldtimer Sicherheitsgurte gehabt hätte. Hatte er aber nicht: In der Zeit, in der das Auto gebaut wurde, gab es noch keine Sicherheitsgurte. Meinen zweijährigen Luca unangeschnallt in einem Auto über die Landstraße fahren lassen? Lucas Papa hatte keine Probleme damit. Ich schon eher. Und zwischendrin saß der kleine Luca, wusste nicht so recht, was um ihn herum eigentlich passiert, hat aber sehr fröhlich gegrinst. Also habe ich die beiden fahren lassen. Lucas Papa mit Sonnenbrille, Luca im besten und sichersten Kindersitz des Jahres 1996 – der nicht angeschnallt war (heute undenkbar), also eigentlich wertlos. Später installierte sein Papa nur für Luca am Beifahrersitz einen Sicherheitsgurt.

Fröhlich grinsen sieht man mich zwar auf keinem der Bilder, aber gut.

Zusätzlich haben wir Luca noch einen Fahrradhelm aufgesetzt. Durch den Sicherheitsgurt und mit dem Fahrradhelm auf dem Kopf hatte ich als Mutter ein besseres Gefühl, als meine Männer die Welt eroberten.

O Mann! Da sitzt man mit vier schon in so einer coolen Karre – und dann muss man einen Kinderfahrradhelm tragen! fml

Die Fahrt mit dem Oldtimer war wahrscheinlich Lucas erste Berührung mit dem Thema Autos. Und so setzt sich auch mit meinem Luca die besondere Beziehung zwischen Männern und Autos fort.

»Wer tagsüber in Jogginghose rumläuft, hat die Kontrolle über sein Leben verloren.«

SEIN ZIPFEL

Supermanhaltung, Anföhnen – Baby-Luca hatte seine Eigenarten. Damit hat er auch vor Schnullern nicht haltgemacht: Für die war der feine Herr sich nämlich zu schade. Ein paarmal habe ich probiert, ihn mit einem Schnuller zu beruhigen, aber das hat er nie akzeptiert. Die mochte er irgendwie nicht. Stattdessen brauchte er zum Einschlafen immer eine Ecke seiner Bettdecke. Ohne die konnte er eigentlich gar nicht einschlafen. Es musste immer die Ecke von seinem Bettzeug sein, und auch wirklich nur diese bestimmte. In Blau. Dabei hatten wir die Wände doch absichtlich gelb gestrichen ...

War die blaue Bettdecke ✱ nicht dabei, gab es großes Geschrei. Wenn ich den Bezug mal gewaschen habe, musste er also am gleichen Tag noch in den Trockner, damit er abends wieder frisch bei Luca im Bettchen lag.

*Mama, wenn du mal genau hinguckst, hat der Bettbezug sogar gelbe Sternchen ...

Von diesem einen blauen Bettbezug, immer denselben Zipfel in Lucas linker Hand, wanderte dann das Däumchen seiner rechten Hand in seinen Mund. Er nuckelte und kuschelte daraufhin ganz genüsslich. Dieser bestimmte Zipfel löste sich selbstverständlich nach etlichem Nuckeln und Kuscheln langsam auf. Das hält selbst das beste Baumwollgewebe nicht aus. Damit Luca aber noch lange etwas von seinem Zipfel hat, wollte ich ihn reparieren. Ich holte die Nähmaschine hervor, und fand sogar noch das perfekt passende blaue Nähgarn. Ein paarmal ließ ich die Nähmaschine kreuz und quer über die Ecke rattern, damit der Zipfel nicht noch weiter zerfranste ... leider war alles umsonst; Luca bekam in der darauffolgenden Nacht ohne den altbewährten Zipfel kaum ein Auge zu. Am nächsten Morgen musste ich alle Nähte mit einer Nagelschere wieder lösen.

Tja, Mama! Da hast du die Rechnung wohl ohne mich gemacht. Mein Zipfel!! Hättest du mich vorher gefragt, hättest du dir die Arbeit sparen können!

Ich präsentiere: Ich und meine ersten Fans!

Als Luca heranwuchs und ein größeres Bett mit einer größeren Bettdecke bekam, musste noch lange, sehr lange zusätzlich der kleine blaue Bettbezug zum Einschlafen bei ihm sein. Selbst mit 12 Jahren noch! Als ich morgens nach dem Rechten sehen wollte, lag Luca mit Daumen im Mund schlafend im Bett. Mittlerweile macht er das aber nicht mehr, glaube ich …

DAS STIMMT DOCH NICHT!
Ich schlafe oft mit meinen Händen im Gesicht.
Dann ist beim Umdrehen …
der Daumen reingerutscht …
Lügenpresse!

Meine Eltern hatten scheinbar Spaß dabei, mir zuzuschauen, wenn ich nach meinem Mittagsschlaf noch im Schlafsack herumrobbte … echt gemein!

ABGANG IN 3 ... 2 ... 1 ... PLUMPS – ODER: WER NICHT HÖREN WILL, MUSS FÜHLEN

Als Kleinkind konnte man bei Luca auf eins zählen: Wenn man ihn auf einen Stuhl oder eine Bank gesetzt hat, hat er sofort angefangen hin und her zu wippen. Mit seinen kleinen Händchen hat er sich vorne an der Kante der Sitzfläche festgehalten, die kleinen Beinchen vor und zurück geschwungen und angefangen, zu schaukeln. Egal, ob es ein Stuhl, eine Bank, ein Sofa oder ein Baumstumpf war: Es musste geschaukelt werden. Nach einer Weile neigte er verlässlich das Köpfchen so weit nach vorne, dass er das Gleichgewicht verlor und – plumps – auf dem Boden landete.

Bei so einer »Frisur« braucht man sich nicht wundern, wenn niemand weiß, ob ich ein Junge oder ein Mädchen bin.

Manchmal hat er in seinen Sturz noch eine halbe Drehung eingebaut, sodass er auf dem Rücken gelandet ist. Meistens aber ist er mitten auf's Gesicht gefallen. Seine Stürze waren denen eines Marmeladentoasts nicht unähnlich: Wenn das runterfällt, landet es immer auf der Marmeladenseite, weil der Tisch für eine volle Umdrehung des Toastbrots nicht hoch genug ist.

OMG ... ich bin dumm wie Brot

Das Geschrei war jedenfalls größer, wenn Luca auf die Nase fiel.* Lucas Papa, Pragmatiker und Ingenieur, hat sich also Luca geschnappt und auf die Waage gestellt. Dann hat er sich an seinen Schreibtisch gesetzt, ein Blatt Papier, einen Stift und einen Taschenrechner zur Hand genommen und gerechnet – und irgendwie hat er es so tatsächlich geschafft, die Höhe genau zu bestimmen, ab der Luca auf dem Rücken landete.

*Von wegen Nase, ich musste sogar am Kinn genäht werden!

Die Berechnungen ergaben: Von der Couch aus fiel Luca auf's Gesicht. Vom Wohnzimmertisch schaffte er die Drehung auf den Rücken, vom Küchentisch auch. Irgendwann wussten wir ganz genau, wo wir Luca nicht mehr hinsetzen durften und wo wir einfach ein paar Kissen drunterlegen mussten, damit er weich auf seinem Rücken landen konnte.

Ich erinnere mich -
wir haben ihn den
lächelnden Hirsch genannt.
Dabei hatte er einfach
nur ein Stück Brot
im Mund.

Meine Oma hat immer gesagt: »Nimm die Hände aus den Taschen, du siehst aus wie ein Bauer!«

Die gemeinsame Leidenschaft von mir und meinem Papa: Autos, Schumi und Kinderstühle!

Dieser Moment, wenn Mama ungeschminkt an den Küchentisch kommt ...

Das war vermutlich genauso schnell wie es aussieht: Gar nicht.

WO IST DER PAPA? DA IST DER PAPA!

Eines Nachmittags, Luca war vier Jahre alt, hat er mit seinem Papa auf der Arbeit telefoniert. Auf einmal war er ganz wild darauf, Papa endlich wieder zu sehen. Er hatte ihn zwar morgens beim Frühstück noch gesehen, ihn bis zur Haustür begleitet und dann verabschiedet. Seitdem hatte Luca auch nichts anderes gemacht, als in seinem Zimmer und im Garten zu spielen. Aber für das kleine Kind hat sich das wahrscheinlich wie eine Ewigkeit angefühlt.

»Wo ist Papa?«, »Papa, Papa, Papa«, hieß es die ganze Zeit. Also gut, dachte ich, holen wir deinen heißgeliebten Papa eben auf der Arbeit ab. Luca fand die Idee auch super und ist sofort losgerannt, um seine Jacke und Schuhe anzuziehen (mit viel Hilfe von mir, so wirklich alleine konnte er das noch nicht).

Ist das normal? Kann man sich mit vier noch nicht selbst anziehen? Oder war ich einfach dumm wie Brot, weil ich zu oft vom Tisch gefallen bin?

Damit er weiß, wer auf ihn zukommt, habe ich Lucas Papa vorgewarnt. Er hat also ein bisschen früher Schluss gemacht und ist uns entgegengekommen, damit Luca nicht so lange warten muss. Ein toller Papa, würde man meinen. Lässt alles stehen und liegen, weil sein Sohn sich nach ihm sehnt. Kommt ihm entgegengelaufen, damit der kleine Mann es nicht so anstrengend hat. Doch was macht der kleine Luca, als er seinen Papa auf halber Strecke sieht? Er fängt schrecklich an zu heulen. Er hat gar nicht mehr aufgehört zu weinen. Auch nicht, als Papa ihn auf den Arm genommen hat, um mit ihm ein bisschen zu schmusen. Ja, was ist denn jetzt schon wieder los, habe ich mir da gedacht. Da mache ich dem Kind eine Freude und spaziere mit ihm zu Papa, Papa springt auf, sobald er gerufen wird – und das Kind heult!

Nachdem er sich wieder einbekommen hatte, konnten wir aus der kleinen Diva herausbekommen, was verkehrt gelaufen war. Der kleine Luca war so in den Gedanken verliebt gewesen, Papa das erste Mal auf der Arbeit zu sehen, dass er schrecklich enttäuscht war, als er ihm dann schon auf der Straße begegnet ist und nicht auf der Arbeit.

In der Woche darauf habe ich Luca dann mal zu Papa auf die Arbeit mitgenommen. Mit ordentlich Zeit, sodass er sich alles in Ruhe angucken konnte. Aber auch das war ihm dann nicht recht – der junge Herr wollte dann doch lieber wieder nach Hause und spielen.

Die erste Begegnung mit meiner kleinen Schwester

Schwester

Immer gut gelaunt, der Luca!

Luca a.k.a. Pipi Langstrumpf 2.0

SCHOKOLADENSEITE

Zu unser aller Überraschung haben die vielen Stürze, die Lucas Schaukelwahn hervorgebracht hat, nie zu bleibenden Schäden geführt, zumindest äußerlich – eine Narbe hat er nie davongetragen. Aber auch das Laufen hat bei Luca lange nicht komplett unfallfrei geklappt. Vor allem nicht am 1. Februar 2000.

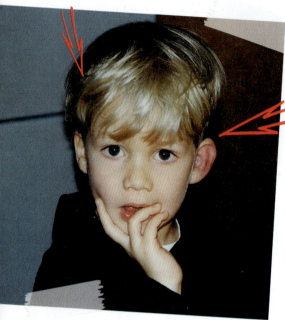

Hier sehen Sie die Hässlichkeit in Person: Ein Ohr größer als das andere, und zudem ein Haarschnitt als hätte mir jemand einen Topf aufgesetzt und drum herum geschnitten ... Wow.

Einmal die Woche bin ich mit Luca zum Kinderturnen gegangen. Beim Kinderturnen kommen Kleinkinder mit ihren Eltern zusammen in eine Turnhalle und machen kleine Spielchen: Matten und Hindernisse werden aufgestellt, auf denen die Kinder rumklettern können, und in abgesteckten Feldern werden Ballspiele gespielt. Die Eltern stehen daneben und geben Hilfestellung – oder quatschen mit den anderen Eltern.

... wenn sie sich eh nicht um ihre Kinder kümmern

An diesem Tag im Februar war ich gerade in ein Gespräch mit einer anderen Mutter vertieft. Die Kinder waren mit einem Ballspiel beschäftigt, beaufsichtigt von der Turnleiterin. Das Feld, auf dem gespielt wurde, war in der hinteren Ecke der Halle. Es war mit Hütchen abgesteckt, am Rand standen ein paar Holzbänke herum. Während des Gespräches schweifte mein Blick durch die Halle. Genau in dem Moment rasselte Luca mit einem anderen Kind zusammen. Kein kleiner Zusammenstoß – die beiden sind frontal ineinander gerannt, so schnell vierjährige Kinder eben rennen können. Der Aufprall hat Luca so aus dem Gleichgewicht gebracht, dass er rückwärts Richtung Hallenwand taumelte. Nach ein paar Schritten ist er umgefallen – und mit dem Kopf auf eine der Holzbänke geknallt. ==Mir ist sofort das Herz in die Hose gerutscht.== Die anderen Mütter haben alle erschrocken aufgeblickt, und die Turnleiterin ist sofort zu Luca gerannt. Und Luca? Der hat vor Schmerzen geschrien wie ein brüllender Löwe. Sein Ohr war so angeschwollen und blau, dass wir direkt zum Kinderarzt gefahren sind. Der hat aber nichts weiter gefunden, es sei vielleicht eine Prellung oder Quetschung hinter dem Ohr, »in ein paar Tagen ist das wieder weg«.

Seit diesem Tag steht Lucas linkes Ohr ein bisschen mehr ab als das rechte.

What?! So was darfst du mir doch nicht sagen! Jetzt fällt mir das immer auf!

Die Frisur wurde bis zur Einschulung nicht wirklich besser, aber ein Astronaut auf der Schultüte ist schon ziemlich cool!

* Willkommen zum Erziehungsratgeber von Lucas Mama. Heute lernen wir, wie wir unseren Kindern mangelnde Kreativität vorwerfen und sie so in eine nachhaltige Identitätskrise stürzen können.

Das ist alles gelogen. Ich bin ein perfekter Sohn, der aus jedem Urlaub auf jeden Fall mindestens eine kurze Sprachnachricht sendet. Also, in der Regel.

KREATIVMUFFEL

Manchmal meldet Luca sich tagelang nicht bei mir. Eigentlich meldet Luca sich meistens tagelang nicht bei mir, unterbrochen von kurzen Phasen, in denen er von sich aus erzählt, was ihn beschäftigt. Also muss ich seine Videos auf YouTube gucken, wenn ich wissen will, was in seinem Leben passiert. Das ist dann nicht immer spannend für mich – was er schon wieder in ~~Meinkraft~~ fabriziert hat. Aber manchmal bin ich schon sehr überrascht, wie kreativ Luca doch sein kann – in seiner Kindheit konnte man keinerlei Anzeichen dafür erkennen.

Minecraft

Besonders viel Vertrauen höre ich da ja nicht raus, aber es ist wohl besser, seine Mutter positiv zu überraschen, als sie negativ zu enttäuschen.

Als ich mit Luca schwanger wurde, arbeitete ich schon ein paar Jahre lang in einer Kunstgalerie. Natürlich habe ich ihn dann nach der Geburt regelmäßig mitgenommen, in der Hoffnung, dass er vielleicht auch Interesse an Kunst entwickeln könnte oder sogar selbst künstlerisch aktiv sein würde. Kreativ zu sein fördert so viele Dinge in der Entwicklung eines Kindes: In Zeichnungen oder Gemaltem lernen sie, ihre Gefühle auszudrücken, kleine Basteleien stärken das Selbstwertgefühl, ==kreative Kinder spüren, dass sie nicht wirkungslos sind, sondern dass sie etwas bewegen und selbst etwas erreichen können.== *

Alle Hoffnung war vergebens: Lucas Kunstwerke aus der Kindheit bestehen insgesamt aus höchstens 18 Sachen. Ich glaube, dass alles, was Luca jemals in seinem Leben gebastelt hat, auch hier im Buch abgedruckt wird. So wenig war das.

18-mal große Kunst

Stattdessen schaute sich Luca gern den ganzen Tag das Kinderprogramm im Fernsehen an. Dabei spielte er Game Boy. Nicht erst das eine, dann das andere – alles gleichzeitig: Sein Lieblingsplatz im gesamten Haus war im Wohnzimmer auf dem Teppichboden an den Wohnzimmertisch gelehnt. Dort saß er mit seinem Game Boy in der Hand vor dem laufenden Fernseher. Manchmal hatte er sogar zusätzlich noch Kopfhörer im Ohr. Wenn ich während seiner Dreifachbeschallung mal vorbeikam und ihn mit Musik auf den Ohren, Game Boy in der Hand und laufendem Fernseher vor der Nase erwischt habe, habe ich das TV-Gerät regelmäßig ausgemacht. Geht ja gar nicht, dass er alles drei gleichzeitig macht – »Hallo? Ich gucke das«, hieß es dann immer. An dreifacher Pokémänner-Bestrahlung* war einfach kein Vorbeikommen.

*Man nennt mich auch Mr. Multitasking

POKÉMON

Rechtschreibung on fleek

— Erst war es eine hässliche Raupe. Aber dann wurde daraus ein wunderschö... Ach, auch egal!

DER EINE WAHRE KÖNIG DER LÖWEN

So einfach wollte ich mich aber nicht geschlagen geben. Gegen den Fernseher kamen meine Versuche, mehr Kreativität anzuregen, anscheinend nicht an. Aber der Fernseher stand zu Hause. Also, dachte ich, müssen wir eben aus dem Zuhause raus. Daher machten wir regelmäßig Ausflüge, auf denen die Kinder andere Länder und Kulturen am eigenen Leib erleben sollten. Nach Venedig und nach Paris sind wir gefahren, nach London und nach Österreich.

Wir hatten die Rechnung aber ohne den Game Boy gemacht: Der Fernseher war zwar nicht mehr vor Lucas Nase, aber der Game Boy noch in seiner Hand. Er war also trotzdem abgelenkt, gleichzeitig aber genervt, dass er beim Laufen durch eine fremde Stadt auf seinem Game Boy die Pokémänner nicht richtig fangen konnte.

Ich gebe auf. Sie wird es nicht lernen. Nicht in diesem Leben.

Autofahrten mit zwei kleinen Kindern sind eh schon keine Freude. Ein genervter, unzufriedener Luca ist noch schlimmer. Aber am schlimmsten ist eine lange Autofahrt mit einem genervten Luca auf der Rückbank. Wir mussten uns etwas einfallen lassen, um Luca auf den Autofahrten zu beschäftigen. Also haben wir uns entschieden, den Fernseher doch mitzunehmen. Nicht den großen aus dem Wohnzimmer, sondern einen kleinen, tragbaren DVD-Player. DVDs hatten wir genug. Dachten wir. Letztendlich hätte eine DVD gereicht: Der König der Löwen Teil eins. Immer und immer wieder. Andere Filme haben Luca und seine Schwester jahrelang nicht akzeptiert. Bis König der Löwen Teil zwei und drei erschienen sind. Teil drei ist bei der Kritikerjury auf den Rücksitzen leider komplett durchgefallen, deswegen wurde er sofort wieder aus der Playlist entfernt. Teil zwei dagegen wurde akzeptiert.

Der Game Boy war immer noch dabei, der Fernseher wieder – aber so schnell gibt eine Löwenmama* nicht auf. Zu König der Löwen hatte ich die perfekte Idee, wie ich doch ein bisschen Kultur in das Leben von Luca schmuggeln kann. In Hamburg könnte er seine Portion König der Löwen bekommen, ohne vor dem Fernseher zu sitzen: das König der Löwen-Musical! Eine Win-win-Situation. Luca und seine Schwester können König der Löwen sehen – und gleichzeitig bringe ich ihnen mit dem Genre Musical ein neues Stück Kultur ein bisschen näher. Vielleicht weckt es ja neue Interessen! Die ganze Familie also ins Auto, ab nach Hamburg, Luca am Game Boy, ich aufgeregt, mit dem Schiff zum Stage Theater, drei Stunden Musical – und nach der Vorstellung sagte Luca: »Die Tiere haben gar nicht wirklich gesprochen. Das war im Zeichentrick viel besser!«

*Wow, das ist echt ein super Wortwitz, Mama. Nicht.

Und bei der Meinung bleibe ich auch!

NORDSEE, NORDSEE, NORDSEE

In seiner Kindheit hatte Luca alle paar Wochen eine hartnäckige Bronchitis. Was wir auch getan haben, um sie fernzuhalten, die Bronchitis kam immer wieder. Auf Anraten des Arztes sind wir deswegen regelmäßig an die Nordsee gefahren. Dort gibt es immer frische Luft, weil es sehr windig ist. Das liegt daran, dass die Nordsee mitten in den Zugbahnen der nordatlantischen Tiefdruckgebiete liegt.

Ja ... hier fehlen noch die genauso interessanten Infos über Längen- und Breitengrade der Nordsee.

Da lasse ich aber ganz schön tief blicken ... So weit musste ich auch beim Arzt die Zunge rausstrecken, als ich Bronchitis hatte.

Also für alle Leute, die nicht so sind wie ich.

Dadurch ist es an der Nordsee auch perfekt für Segler, Surfer oder Leute, die auf Wandern oder Strandspaziergänge stehen. Nach vielen Besuchen haben wir uns in diesen wunderschönen Fleck der Erde verliebt und daraufhin im Jahr 2003 ein tolles kleines Grundstück gefunden und angefangen, ein Ferienhäuschen zu bauen.

Eine Zeitlang mussten wir also alle zwei Wochen auf die Baustelle fahren, um die Baufortschritte zu überprüfen. Nebenbei genossen wir die herrlich frische Brise!

Mit der Bronchitis zur frischen, wohltuenden Nordseeluft und von da direkt weiter in die dreckige Baustellenluft. Das klingt nach einer guten Kur. Nicht.

lieben, kleinen

Während sich in Bielefeld alle Freunde von Luca die Sommerferien um die Ohren geschlagen haben, musste Luca die ganzen Ferien mit seiner Schwester und seinen Eltern in einem *langweiligen* Ferienhaus an der Nordsee verbringen. Das war für ihn natürlich dramatisch – dass nicht jeder das Glück hat, ein Ferienhaus an der Nordsee zu haben und dass Ferien zuhause auch langweilig sein können, hat er nicht eingesehen.

Nachdem das Haus fertig war, haben wir dann ein familieninternes Abkommen geschlossen: Luca durfte manchmal seine Freunde einladen, mit uns Urlaub zu machen. So hatten wir unsere geliebte Nordsee vor der Haustür, und Luca hatte seine Freunde dabei, mit denen er Zeit verbringen konnte. Im Laufe der Jahre bildeten sich noch viele neue Freundschaften – mit anderen Ferienkindern und auch mit Einwohnern des Ortes.

> Seht ihr, man muss nur hartnäckig genug sein. Wenn man lange genug zeigt, dass man nicht zufrieden ist, dann bekommt man immer einen guten Kompromiss.

HAPPY SPACEDAY!

Der Abend vor seinem Geburtstag war wahrscheinlich der einzige Abend im Jahr, an dem Luca freiwillig und früh ins Bett gegangen ist. Ohne zu quengeln, ohne zu nörgeln, ohne »nur noch ein bisschen« Game Boy spielen zu wollen. An diesem Abend wollte er einfach nur schlafen, damit der nächste Tag möglichst schnell kommt.

Luca wusste: Am Geburtstag wird man morgens von der ganzen Familie geweckt. Alle sind ins Zimmer geschlichen und haben zusammen »Happy Birthday« zum Aufwachen angestimmt. Zum Ständchen gab es ein selbstgebackenes, mit Smarties dekoriertes Stück Kuchen ans Bett geliefert. Der Kuchen hatte immer genauso viele Kerzen, wie viel Jahre Lucas Geburtstag zählte.

Das war der wahre Grund. Das Gesinge interessiert doch keinen, aber wie gut ist es bitte, ein Stück Kuchen zum Frühstück ans Bett gebracht zu bekommen – und das dann im Bett essen zu dürfen?!

Für die Geburtstagsparty haben wir uns immer schon lange vorher zusammengesetzt und überlegt, unter welchem Motto der Tag stattfinden soll. Mit sechs Jahren hatte Luca eine Phase, in der er sich besonders für Weltall, Raumschiffe und Astronauten interessiert hat.

STIMMT NICHT. Ich hatte keine Ideen – mir war das Motto egal. Mama war die Kreative, hat sie doch selbst schon gesagt.

Bereits seine Schultüte zur Einschulung hatten wir im Weltraumstyle gestaltet. Ein lächelnder Astronaut war vorne drauf, der eine Halbkugel aus Plastik auf das Gesicht geklebt bekommen hatte, sodass ein 3D-Effekt entstand.

Auf so etwas wäre ich nie gekommen.

In diesem Stil haben wir auch die Einladungskarten für Lucas Freunde gestaltet. Und alle seine Freunde sind gekommen! Statt langweiligen Partyhüten gab es am Tag der Party für jedes Kind spacige silberne Masken mit blauen Alienohren.

Meine Freunde wussten schon damals: Die richtig coolen Partys gibt es bei Luca. Natürlich sind die immer alle gekommen!

Lass mich raten – ich?
Ich stand draußen, oder?

Das richtige Highlight stand aber draußen im Garten: Ein echtes Raumschiff! So sollte es zumindest aussehen. Eigentlich war es unser Kugelgrill, eingewickelt in Alufolie, in dem zehn Commander-Eis-am-Stiel für die Kinder versteckt waren. Ringsherum lag Trockeneis, das Nebel verbreitet hat, der den ganzen Garten in eine mysteriöse neue Galaxie verwandelt hat. Zum Abschluss der Feier gab es noch ein kleines Feuerwerk am Abendhimmel. Als alle Gäste verabschiedet waren, fiel Luca überglücklich und zufrieden ins Bett und träumte, dass er mit einem Raumschiff durch den Weltraum flog.

Ja gut, das ist ziemlich badass.
So viel unglaublich großer Aufwand.
Vielen Dank, Mama, das war cool.

Ich bin die coole Socke mit der Cap!

60

Was zur Hölle ist das? Ein Geschenk?

AB DURCH DIE WINDSCHUTZSCHEIBE

Als endlich wieder Ferien waren, ging es erneut an die Nordsee. Um zu unserem Haus zu kommen, musste man eine Fähre nehmen, die nur wenige Male am Tag fährt. An diesem Freitag nach Schulschluss wurde es also ein bisschen stressig. Die letzte Fähre zu verpassen, hätte bedeutet, erst am Samstag anzukommen. Unfälle, ungeplante Pinkelpausen oder vergessene Kuscheltiere konnten wir uns deswegen nicht leisten.

Mama ... es heißt Game Boy ... →

Lucas Papa ist also zügig, aber vorsichtig und sicher gefahren. Ich saß neben ihm auf dem Beifahrersitz, hinter mir der kleine Luca, völlig versunken in sein Pokémänner-Spiel auf dem CowBoy. ~~Kurz hinter Bielefeld fuhren wir in einen Kreisverkehr ein. Ich habe nichtsahnend nach rechts aus dem Fenster geschaut. Wie in Zeitlupe sah ich einen silbernen Mercedes heranfahren. Am Steuer ein älterer Mann, neben ihm seine Frau, auf dem Schoß einen Hund. Meine Gedanken waren ganz bei dem Hund, der wirklich süß aussah, vor allem, als er immer näher kam. Ich habe gerade darüber nachgedacht, welche Rasse der Hund wohl haben mag, als es einen lauten Knall gegeben hat und der silberne Mercedes in unserem Auto steckte.~~

Mein erster Crash! Krass!

~~Nach einem solchen Knall hätte ich einen größeren Scha-~~
~~den erwartet, zumindest, dass die Airbags aufgehen. Aber~~
~~es war nur ein Blechschaden. Auch den Kindern auf der~~
~~Rückbank ging es gut. Wir mussten trotzdem mit einem~~
~~Ersatzauto weiterfahren, denn der Radkasten hing im Rei-~~
~~fen drin.~~

Das ist Mamas Version, aber wir wissen alle, dass die nicht stimmt. In Wirklichkeit haben uns völlig unverantwortliche Leute, die ihren Hund im Auto weder angeschnallt noch ihm einen Helm aufgesetzt haben, die Vorfahrt genommen. Die waren viel zu schnell, und wir sind alle fast gestorben, aber haben zum Glück überlebt, weil der achtjährige Luca geistes-gegenwärtig die Airbags abgeschaltet hatte. Die hätten in dem verbeulten Auto nämlich sonst alle erstickt!

Nachdem wir die Jagd nach der Fähre wiederaufgenom-
men hatten, hat Luca von seinem Vater gelernt, wie Versi-
cherungen funktionieren, und dass wir den Schaden nicht
bezahlen müssen, sondern dass die Versicherung für alles
aufkommt. Erstaunlicherweise hat Luca das in diesem Fall
sehr schnell verstanden. Denn plötzlich hat sich sein Gesicht aufgehellt, er hat kurz auf seinem Game Boy rumge-
drückt und dann sehr sachlich und überzeugt vorgetragen,
dass während des Unfalls sein Game Boy kaputtgegangen
wäre. Ja ja, er hätte sich durch den Aufprall eingeklemmt,
und jetzt funktioniere er nicht mehr. Und ja, er bräuchte
jetzt leider einen neuen. Nicht das gleiche Modell, das sei
ja gar nicht mehr das aktuelle, sondern das neueste Modell,
das erst kurze Zeit auf dem Markt war, versteht sich. Eine
Weile hat er versucht, uns von seiner Geschichte zu über-

Wow, Mama! Du hast es richtig geschrieben!

zeugen. Als er aber gemerkt hat, dass er das Ding schon durch die Windschutzscheibe hätte werfen müssen, damit wir ihm seine Geschichte abgenommen hätte, hat er davon abgelassen.* Und ein paar Minuten später hat er auch wieder gespielt – heimlich und auf lautlos.

*Auch hier unterschlägt meine Mama entscheidende Details, die viel über meine Intelligenz verraten.

Aus dem Game Boy habe ich nämlich extra die Batterien rausgenommen.
Er hat also in dem Moment, in dem ich meinen Eltern davon erzählt habe, wirklich nicht funktioniert.

Das sind Schaumkuss-Wurfmaschinen.
Links steht das Original, rechts:
Von meinem lieben Opa extra für meinen Geburtstag nachgebaut!
Mit einem Tennisball musste man die runde Zielscheibe treffen. Dann ließ eine Feder das waagerechte Holzbrett hochschnellen und schleuderte so den Schaumkuss auf den Werfer.
Ich habe mich vor Lachen kaum einbekommen, als ein Freund den Schaumkuss mitten ins Gesicht bekommen hat!
Dass mir kurz vorher genau das gleiche passiert ist (was gar nicht lustig war), muss ja niemand wissen ;)

Um den Schulstress abzubauen: ein Boxsack.

Erst Hausaufgaben zu Ende ... dann mit Freunden raus zum Spielen

Man könnte sagen,
ich war ein Fan.

DAS ERSTE MAL FAN

Wenn man ihn heute sieht, kann man es kaum glauben: Es gab eine Zeit bevor Luca sich fast ausschließlich für Computer, Videospiele und YouTube interessiert hat. Die scheint so weit weg zu sein, dass ich mich manchmal frage, ob das noch der gleiche Junge ist.* Früher hatte Luca nämlich noch ein anderes großes Hobby – den Fußball. Egal ob in der Soccerhalle, auf dem Fußballplatz, dem Schulhof oder vor dem Fernseher: Luca war immer entweder selbst spielen oder saß bei Papa auf dem Sofa und hat Bundesliga und Champions League, Europa- und Weltmeisterschaften verfolgt.

*Mama!
Auch heute
mache ich
Sport, treffe
Freunde und
gehe feiern!

Zu seinem Geburtstag hat er sich also ein Fußballtrikot gewünscht. Also gut, bekommt er ein Fußballtrikot – Hauptsache, er sitzt nicht den ganzen Tag rum und spielt mit dem ~~PlayBoy.~~ Ich bin also in ein Sportartikelgeschäft gegangen und habe nach einem Trikot von Bayern München mit der Nummer 31 gefragt. Denn obwohl hier in der Heimat viele Fans von Arminia Bielefeld vertreten sind, und obwohl sein Vater damals Fan des Hamburger SV war, hat Luca eine große Liebe für den FC Bayern München entwickelt.

Zum Glück ist das nicht das erste Mal,
dass meine Mutter keine Ahnung hat,
wie ein Game Boy heißt, sonst wäre
diese Zeile wirklich peinlich.

Die Nummer 31 gab es in allen Größen in ausreichender Menge. Aber auf allen stand hinten »Schweinsteiger« drauf. Ich wollte schon zum Verkäufer gehen, als mein Blick auf eine Wand fiel, von oben bis unten mit Reklame vollgekleistert. Überlebensgroß war da ein junger Mann zu sehen, der über seinen Rücken in die Kamera blickte. Auf seinem

Rücken: Die Nummer 31 und der Schriftzug »Schweinsteiger«. Da fiel es mir ein: DER Schweinsteiger. Warum Luca ausgerechnet den so toll fand, hat sich mir nicht erschlossen. Obwohl der Name Schweinsteiger mich auch an Lucas erstes Zuhause, den Schweinestall, erinnerte. Aber das war wohl nicht Lucas Grund, weshalb er ihn so anhimmelte.

Deswegen hat es zwischen mir und Schweini also direkt gefunkt!

Lucas Papa hat noch einige Male versucht, ihm den Hamburger SV als Lieblingsverein nahezulegen, aber das hat nicht mehr geklappt.

Stimmt! Papa ist beim Fan-Sein wandelbar.

Einerseits freut er sich mit mir für Bayern. Andererseits war er immer mehr mit Norddeutschland verbunden. Früher war er mal Hamburg-Fan, jetzt ist er Dortmund-Fan wegen seiner Männer-Clique. Früher war das Nordderby ein Spitzenspiel und wirklich wichtig für ihn – heute nicht mehr. Und ich bin auch Fan von Bielefeld, aber das hat sich erst später entwickelt. Ich war dort oft feiern gewesen. Ein Kumpel war krass in der Fanszene unterwegs, mit ihm war ich ein paarmal im Stadion. So hat sich das wegen der Heimat entwickelt.

Nee, natürlich nicht. Das kommt von meinem ersten Fußballerlebnis: Samstagabend sollte eigentlich »Wetten dass« laufen. Papa saß trotzdem vorm Fernseher. Es lief Deutschland gegen irgendwen, also habe ich mich dazugesetzt.

Der Kommentator hat immer über Schweinsteiger geredet. Ich fand ihn sofort cool: Coole Haare, leicht zu erkennen. Nummer 7 war schon immer cool. Also habe ich meinen Papa gefragt:

Wer ist das? Bastian Schweinsteiger – Wo spielt der? Bayern München.

Ab dem Moment war ich Schweinsteiger-Fan.

IDOLE SIND AUCH NUR MENSCHEN

Bei Reisezielen ist Luca ein neugieriges Gewohnheitstier: Er findet Orte beim ersten Besuch gut, und dann erst wieder, wenn er sie nach einer Weile für sich entdeckt hat. Seit 1997 sind wir mehrmals im Jahr mit der Familie zu kürzeren und längeren Urlauben an die Nordsee gefahren. Am Anfang fand Luca das ganz klasse und hat sich über alles gefreut. Aber nachdem wir dreimal da waren, und vor allem, während wir das Haus gebaut haben, war Luca wirklich alles andere als glücklich über unsere Nordseeurlaube.* Als Luca und seine Schwester sich gut genug auskannten, dass wir sie problemlos alleine rumlaufen lassen konnten, war Luca wieder sehr glücklich über das Haus an der Nordsee. Und dann kam auch noch seine Lieblingsband: Banaroo!

*Oder das lag daran, dass das Haus eine Baustelle war und ich erstens keine Lust hatte, im Urlaub zu arbeiten, zweitens keiner meiner Freunde an der Nordsee, sondern alle in Bielefeld waren, und drittens Baustellenluft sicher nicht gut gegen Bronchitis ist.

Aber darüber denkt ja niemand nach.

Banaroo war weniger ein freiwilliger Zusammenschluss von Musikern, sondern das Ergebnis einer Castingshow auf Super RTL. Der Name setzte sich zusammen aus den Worten Banana und Kangaroo. Und so originell wie der Bandname war der Songtext ihres größten Hits. Ich zitiere den Refrain:

Dubi Dam Dam – Da Dubi Daba Dibi Dam
Dubi Dam Dam – Da Dubi Dibi Dam

Diese zwei Zeilen, sechsmal hintereinander gesungen, bildeten den Refrain. Das Gedubi-dam-damme lief auf der dreistündigen Fahrt zur Nordsee wahrscheinlich 800 Mal und ich hatte später noch weitere 800 Ohrwürmer davon. Der Song sprach jüngere Kinder an. Auch seine kleine Schwester war bei diesem Song textsicher. Erwachsene dagegen waren definitiv nicht die Zielgruppe und hatten entsprechend wenig Spaß daran. Aber wir wollten Luca seinen Wunsch natürlich erfüllen und mit ihm seine Lieblingsband sehen.

Erinnert mich an Bibis großen Hit lol

In dem Hafen, in dem auch die Fähre anlegte, gab es jeden Sommer ein kleines Fest. Im Jahr 2005 wurde dort zusätzlich eine Fernsehshow aufgezeichnet, die so ähnlich wie der Fernsehgarten* war: eine große Freiluftarena mit Publikum, ein Moderator, der durch die Sendung führte, eine Bühne für Musik und jede Menge Interviews mit Stargästen. Die Stargäste sollten an einem Grillstand interviewt werden, der zwischen den Publikumsreihen stand.

*Eine Unterhaltungssendung, die sonntagsmorgens im TV zu sehen ist.

Anscheinend waren nicht so viele Leute an der Show und dem Auftritt von Banaroo interessiert, denn wir hatten am Tag vorher noch gute Platzkarten bekommen: Luca saß direkt vor dem Wurststand, mit dem Rücken zum Grill.

Zunächst kam ein Anheizer auf die Bühne, der für ordentlich Stimmung im Publikum sorgen sollte. Das hat nicht so gut geklappt: Das Publikum hat eigentlich nur gejubelt, wenn der Anheizer sie darauf aufmerksam gemacht hat, dass jetzt ein guter Moment zum Jubeln wäre. »Tut mal so, als wäre hier gerade eine megagute Stimmung!« – und wie auf Knopfdruck sind die Leute im Publikum völlig ausgerastet.

Irgendwann ging dann die eigentliche Show mal los. Aber auch die Aufzeichnung zog sich ewig hin: Der Moderator musste mehrmals abbrechen und neu ansetzen. Manchmal, weil das Publikum nicht genug mitgemacht hat, dann, weil die Würstchen so verbrannt waren, dass erst frische Würstchen besorgt und gebraten werden mussten, bevor das Interview geführt werden konnte.

Nach mehreren Stargästen, die Luca alle nicht kannte, hieß es dann: »Und hier ist jetzt für euch BANAROOOOO!« Völlig aus dem Häuschen hat Luca mehrere Sekunden gebraucht, bis er gemerkt hat, dass die Band nicht auf der Bühne spielte, sondern direkt am Grillstand, zwei Meter hinter ihm. Die 1,5 Minuten Performance konnte er also aus nächster Nähe betrachten und ihr seine volle Aufmerksamkeit schenken.

Gleich nach der Show wollte Luca sich ein Autogramm holen und ein Foto mit der Band machen. Er ist sofort aufgestanden und hingerannt – und gerade noch rechtzeitig gekommen, um die Band in einem Hubschrauber wegfliegen zu sehen. Seitdem mussten wir nur noch ganz selten Dubi Dam Dam ertragen.

Kann halt echt sein, dass ich wegen diesem ›Kindheitstrauma‹ bei Fantreffen immer versuche, es allen recht zu machen ... Auch wenn das manchmal bedeutet, dass aus einer zweistündigen Autogrammstunde schnell mal acht Stunden werden!

Auch ein großes Ereignis: Dafür haben sich die wöchentlichen Stunden in der Kirche gelohnt: Eine Taschenlampe und ein Schlüsselanhänger! Die Taschenlampe steht sogar immer noch in meiner Wohnung.

SO SIND MÜTTER

Als Luca ungefähr zehn Jahre alt war, hat er mir ein schönes Geschenk aus der Schule mitgebracht. Es gehört zu der Sammlung der 18 kreativen Werke, die Luca in seinem Leben geschaffen hat. Damals hat die ganze Schulklasse von Luca zum Muttertag ein Heft für die Mütter zusammengestellt. Es hatte den süßen Titel »So sind Mütter«. In dem Heft hat jeder Schüler einen kleinen Text über seine Mutter verfasst – ohne darunter seinen Namen anzugeben. Alle Mütter haben also dasselbe Heft bekommen und konnten dann raten, welcher Text von ihrem Kind stammt.

Was mache ich da? Weinen? Lachen? Mich schämen?

Auf der Suche nach Lucas Text musste ich also alle 40 Geschichten der anderen Schüler lesen. 38 Mal durfte ich lesen, dass »meine Mutter sehr gerne putzt«. Das erschien mir ein bisschen unglaubwürdig – niemand putzt gerne. Man macht das, aber nicht aus Spaß, sondern weil es gemacht werden muss. Na ja. Einmal gab es auch die Textzeile »Meine Mutter hört gerne die Musik von Banaroo«. Damit konnte unmöglich ich gemeint sein – außer, wenn Luca irgendwas ganz falsch verstanden hatte. Aber zu dem Zeitpunkt konnte er Banaroo selbst schon nicht mehr ausstehen, weil er kein Autogramm bekommen hatte.

Dann habe ich Lucas Text wiedererkannt. Darin heißt es am Anfang: »Meine Mutter kann am besten aus unserer Familie kochen.« Gut, das bedeutet nicht zwangsläufig, dass es lecker geschmeckt hat, aber immerhin war ich für Luca zu Hause die beste Köchin. Neben Papa und seiner kleinen Schwester. Das ist doch schon mal so etwas wie ein Kompliment.

Gern geschehen :)

»Ich finde, dass du (PANZER) sehr gut bist, was Sport angeht.« Okay, vielen Dank! Der Panzer ist anscheinend entstanden, um einen Rechtschreibfehler zu kaschieren. Und ein neues Blatt Papier wäre für ein Muttertagsgeschenk offensichtlich zu viel verlangt gewesen.

»Und du bist sehr gerecht mit meiner Schwester und mir (Herzchen; Punkt, Punkt, Punkt) finde ich.« Punkt, Punkt, Punkt? Was soll diese Pause? Klingt fast ein bisschen so, als würde Luca das widerwillig sagen. Als ob seine Lehrer ihm das aufgezwungen hätten. So wie: »Fünf Stunden pro Tag Game Boy spielen ist zu viel, Punkt, Punkt, Punkt, sagt meine Mutter.«

Weiter heißt es: »Ich finde auch, dass du sehr viel Humor hast.« Yes!!! »Und du bist der Himmel auf Erden.« Oooooh, wie schön! »Für mich bist du das Prädikat im Satz.« Ähm ... das ist wirklich ... also, vielen Dank, Luca?

Hahaha und jetzt schaut euch auf der nächsten Seite mal an, wie ich Mama damals gemalt habe.

Meine Mutter kann am besten aus unserer Familie kochen. Ich finde, dass du ▆▆ sehr gut bist, was Sport angeht. Und du bist sehr gerecht mit meiner Schwester und mir ♥ finde ich.
Ich finde auch, dass du sehr viel Humor hast. Und du bist der Himmel auf Erden, für mich bist du das <u>PRÄDIKAT</u> im Satz.

Mit dem Mund einen Fisch gefangen! Ich sag es ja: Gute Köchin.

Ich weiß schon gar nicht mehr, worüber ich mich mehr gefreut habe: Die Papierblume oder den Fußballplatz

Das bin ich

10. GEBURTSTAG

Drinni for life!

Nach der Schule ist Luca eigentlich nie noch mal vor die Tür gegangen. Nie draußen, nur drinnen – ein echter Drinni eben. Der Game Boy war einfach wichtiger. Der Drinni ist nur nach draußen gegangen, um Sport zu machen. Im Tennis und im Basketball hat er sich ausprobiert. Man würde meinen, mit seiner Größe und seinen langen Armen wäre er perfekt gemacht für die beiden Sportarten. Ist er nicht. Was er da gemacht hat, sah höchst selten so aus, als würde Luca gerade Basketball oder Tennis spielen. Meistens spielte er also Fußball und das konnte er dann tatsächlich auch.

Also... aber... das ist jetzt auch ziemlich harsch.

So schlecht war ich in Tennis und Basketball gar nicht – die anderen waren nur alle viel besser!

Hinter unserem Haus gab es eine ziemlich große Fläche Land. Ein Stück davon haben wir als Garten benutzt, der größere Teil dagegen war einfach eine Wiese. Perfekt zum Fußballspielen also – wenn sie gemäht gewesen wäre. Darum hat sich aber nie jemand gekümmert: Im Sommer stand das Gras zum Teil einen Meter hoch auf der Wiese. Als Labyrinth hätte man das vielleicht nutzen können, oder um sich vor seinen Hausaufgaben zu verstecken, aber auf keinen Fall zum Fußballspielen.

Einer unserer vielen, meist gescheiterten Versuche, den Drinni nach draußen zu befördern, begann an Lucas 10. Geburtstag. Als Geburtstagsgeschenk hat Luca von uns zwei Fußballtore bekommen. Allerdings nur unter der Voraussetzung, alle zwei Wochen mit unserem Aufsitzrasenmäher die Wiese mähen.

Eine Zeitlang hat Luca seinen Fußballplatz sehr rege genutzt. Und ziemlich schnell mussten wir feststellen, dass aller Anfang schwer ist. Regelmäßig sind die Bälle in den Garten geflogen und auf dem Grill gelandet. Wir mussten also hinter dem Tor ein großes Sonnensegel aufspannen, damit Lucas Fehlschüsse niemanden gefährden.

HALLO?!
Die ANDEREN haben daneben geschossen, nicht ich!

Ein paar Wochen später, kurz nach der Fußball-WM, wurde es Luca dann zu anstrengend, seinen eigenen Fußballplatz zu mähen. Er hat gemerkt, dass es Fußballvereine gibt, in denen jemand anderes den Rasen mäht und er nur zum Spielen hingehen kann. Also ist Luca in den Fußballverein gegangen – und hat die Zeit, die er sonst auf dem Rasenmäher saß, mit seinem PlayBoy auf der Couch verbracht.

Es ist allen klar, dass sie GAME BOY meint, oder?

Realtalk: Mir war's so f*cking peinlich, den Rasen zu mähen. Ich musste aufgrund des Schmutzes alte Klamotten tragen, und dabei konnten mich andere Bewohner der Siedlung beobachten - und teilweise auch Mädchen aus meiner Schule 😣
Mittlerweile haben meine Eltern einen Roboter-Rasenmäher dafür.
Das ist deutlich cooler.

Das Foto fasst unsere Nordseeurlaube ganz gut zusammen: Mit Papa nicht reden, auf dem Foto ist Mama auch nicht drauf – nur zocken!

Luca macht große Geschäfte ;)

FIRST LOVE?

In der vierten Klasse ist Luca mit der Grundschule auf Abschlussfahrt gefahren. Natürlich hatte ich die Hoffnung, dass er unversehrt zurückkommt, aber ein bisschen habe ich auch erwartet, dass ihm etwas passiert. Ein kleiner Unfall; nicht so schlimm, dass wir ihn abholen müssen, aber schlimm genug, dass wir angerufen werden. Ich war die ganze Woche über also etwas angespannt – und umso erleichterter, als Luca nach einer Woche unversehrt wieder vor mir stand. Er hatte zwar fast keine Stimme mehr und war todmüde, aber es gab auch etwas, das er unbedingt erzählen musste. Nicht nur ich, auch sein Papa sollte das unbedingt erfahren, deswegen konnte er mir nicht auf dem Heimweg davon berichten, sondern erst zu Hause.

Wir haben uns also um den Küchentisch versammelt, und Luca hat ganz stolz erzählt, dass er nun eine Freundin habe. Mehr hat er nicht gesagt, nur geheimnisvoll und stolz gelächelt. Von allen unseren Nachfragen hat er nur die Frage nach ihrem Namen beantwortet: ▬▬▬ Zu allen anderen Fragen hat er geschwiegen.

Ich habe natürlich trotzdem rausgefunden, wie Lucas Kinderbeziehung entstanden ist: Auf der Abschlussfahrt wurde abends natürlich Flaschendrehen gespielt. Luca und ▬▬▬ mussten sich küssen und waren seitdem zusammen. Ich glaube, ich habe Luca nie erzählt, dass ich das weiß – man hat als Mutter eben seine Quellen. Und diese Quellen versiegen nicht, zumindest solange die Kinder in der Schule sind. In der siebten Klasse ist Luca zum Beispiel wieder auf Klassenfahrt gefahren. Von dieser Klassenfahrt hat er zu Hause noch weniger erzählt, aber natürlich habe ich trotzdem herausgefunden, was da so passiert ist. Luca ist

Woher weißt du das? Ich habe das nie erzählt!

> Das kannst du nicht erzählen, Mama. Sorry, aber das ist wirklich nicht angemessen – das will und darf niemand wissen.

nämlich ███████████████

████ Später, Luca war schon in der zehnten Klasse, ist er z█████████

████ jedenfalls, Lucas erste Kinderbeziehung, war sogar mal bei uns zu Besuch. Sie war ein sehr höfliches, cleveres und hübsches Mädchen, und irgendwie habe ich fast gehofft, dass aus der Kinderbeziehung in ein paar Jahren vielleicht mal eine richtige Beziehung wird. Wer weiß! Man muss sich im Leben theoretisch nur einmal verlieben, und wenn man Glück hat, hält es an. Nach den Sommerferien ist Luca auf das örtliche Gymnasium und █████ auf die Realschule gewechselt. Über die große Distanz ist die Beziehung dann leider schnell kaputtgegangen (wenn man überhaupt von Beziehung sprechen kann).

> Wir haben uns halt wirklich ein Mal getroffen – Und da habe ich nur Fußball gespielt und sie mir dabei zugeguckt :D Typische »Beziehung« mit zehn Jahren halt, haha!

Was wird Luca wohl später mal für ein Typ, habe ich damals überlegt. Der nette Kerl von nebenan? Der perfekte Schwiegersohn, der seine Jugendliebe aus der Heimat heiratet? Oder wird er ein Frauenheld? Oder ein verklemmter Eigenbrötler, der sich nie für Frauen interessiert und bei seiner Mami wohnt, bis er 50 ist? Bitte nicht!

Gott sei Dank habe ich es schon früher geschafft auszuziehen!

Bis Luca dann wieder ein Mädchen mit nach Hause gebracht hat, die er auch seine »Freundin« nannte, sind tatsächlich noch mal zehn Jahre vergangen! Ein Frauenheld wurde er zum Glück also nicht.

Kannst du dich eigentlich noch an den Pokémon-Tag bei Nils erinnern? Den gab's nicht. Da war ich bei 'nem Mädchen! ;) Manchmal habe ich so was tatsächlich doch geheim halten können!

BIRDY *... Wow, danke Mama ...*

Fahrten an die Nordsee waren immer ein bisschen stressig: Um die gewünschte Fähre zu erwischen, mussten wir rechtzeitig losfahren. Eine Tochter und ein Luca* machen es nicht einfacher, pünktlich loszukommen. Ich war also nicht begeistert, als ich eines Nachmittags einen lauten Klopfer durch den Flur hallen hörte – Besuch war das Letzte, was ich jetzt gebrauchen konnte. Ich schaute durch das Fenster nach draußen, konnte aber niemanden erkennen.

Es war Luca, der kurz darauf auf dem Weg in den Garten ein kleines Vögelchen vor der Terrassentür entdeckte. Es war wohl gegen die Fensterscheibe geflogen und konnte jetzt nicht mehr wegfliegen. Anscheinend war der Vogel am Flügel verletzt, und es wäre das Beste gewesen, ihn zum Tierarzt zu bringen. Aber ich war so mit den letzten Reisevorbereitungen beschäftigt, da hatte ich einfach keine Lust drauf. *Du Monster!* Deswegen habe ich Luca und seine Schwester mal ihr Ding machen lassen.

Zuerst haben sie dem Vogel einen Namen gegeben: Birdy. Auf der erhöhten Plattform der Rutsche richteten sie Birdy sein eigenes Reich ein. Dort, wo die Katze nicht hinkommt, sagten sie. Katzen könnten die Rutsche nämlich nicht hochlaufen, weil sie immer wegrutschen würden, war die Theorie der beiden. Nun ja. Ich habe dazu mal nichts

Wie gesagt, ich war halt null kreativ. Birdy the bird. Der Name ist Beweis genug.

86

gesagt. Dort oben haben Luca und seine Schwester für den kleinen Patienten eine Futterstelle und eine Tonschale mit Wasser eingerichtet. Den Boden haben sie mit Blättern ausgelegt – für eine gemütliche Wohnzimmeratmosphäre, nehme ich an.

Wir haben den Vogel übrigens nicht angefasst, weil ihn seine Mutter ja noch erkennen soll. #BioStreber

Am nächsten Morgen hockte Birdy immer noch in seinem Reich. Er wirkte etwas lebendiger und fitter als am Tag zuvor, aber fliegen konnte er anscheinend immer noch nicht. Vormittags fuhren wir dann los gen Nordsee, in der Hoffnung, dass Birdy mit genug Essen und Trinken fürs Wochenende versorgt ist.

Gerade als wir mit dem Auto auf die Fähre übersetzten, landete ein Vogel auf der Motorhaube – und dieser Vogel sah exakt so aus wie unser Birdy! Luca rief ganz freudig:

»Es ist Birdy – er ist uns hinterhergeflogen!« Einen Moment später flog der Vogel auch schon wieder davon. Genauer untersuchen konnten wir ihn also nicht. Die Frage, ob es Birdy gewesen war oder nicht, beschäftigte Luca das ganze Wochenende.

Als wir sonntagsabends wieder in Bielefeld ankamen, rannten Luca und seine Schwester sofort hinters Haus zur Rutsche, um nach Birdy zu schauen. Begeistert und stolz riefen sie nach uns – das kleine Vögelchen war verschwunden. Es war geheilt und hatte sich satt gegessen und war dann von alleine weggeflogen! Und in diesem Glauben schliefen meine Kinder abends beruhigt ein.

Es kann natürlich auch sein, dass eine Katze sich Birdy geschnappt hat. Aber in dem Moment waren wir in unserem Film, dass Birdy weggeflogen ist :D

Einer meiner abenteuerlichsten Geburtstage – zu dem ich mich natürlich auch selbst eingeladen habe!

Einladung

Lieber Luca !

Ich werde 11 Jahre alt und möchte Dich aus diesem Grund herzlich einladen!

Wann: Samstag, 24. Februar 2007, 14:00 Uhr
Treffpunkt: ▬▬▬▬▬▬▬▬▬▬
Ende: Wir bringen Euch um ca. 19:00 bis 19:30 nach Hause.

Ich möchte mit Euch auf der Kartbahn B68 in Bielefeld ein Rennen veranstalten und freue mich schon sehr darauf.

Fülle bitte den beiliegenden Zettel aus und reiche ihn mir bitte zum 14. Februar zurück!

Es wäre empfehlenswert, wenn Du ein paar leichte Handschuhe mitbringen würdest!

Ich freue mich auf Dich,   Dein Luca .

(Ich wünsche mir <u>Geld</u> oder <u>Gutscheine</u> von ▬▬▬

Absagen ungern unter ▬▬▬▬▬▬

Die Nummer 7 – wie Schweini!

Meine Mutter hatte kein Vertrauen in mich, dass ich einen Podiumsplatz erreichen würde ... UND SIEHE DA!!! Ich wurde Zweiter. Übrigens nur, weil Leon geschummelt hat und bei der gelben Flagge (Unfall irgendwo auf der Strecke) trotzdem noch schnell weitergefahren ist ☹

ACHTERBAHNFAHRT NACH MALLORCA

Lucas erste Flugzeugreise war für alle Beteiligten kein besonders schönes Erlebnis: Dieser Flug hatte es direkt in sich.

Im Oktober 2007 sind wir über die Herbstferien von Paderborn nach Palma de Mallorca geflogen. Noch bevor wir zum Flughafen gefahren sind, war Luca schon nervös. Verständlicherweise, schließlich ging der erste Flug direkt auf eine Insel.

ICH war gar nicht nervös! Ich hatte nur Angst, weil IHR (Mama und Papa) Angst hattet!

Der Start in Paderborn verlief reibungslos. Ohne Verspätung ist das Flugzeug zur Startbahn gerollt und hat problemlos abgehoben. Luca wollte immer aus dem Fenster gucken und war ganz begeistert, dass die Welt unter uns immer kleiner wurde. Der Flug verlief genauso problemlos, ohne Turbulenzen sind wir über das Festland und das Meer geflogen, bis wir sogar schon Mallorca unter uns erkennen konnten. Der Pilot setzte zur Landung an, das Flugzeug begann, stetig an Höhe zu verlieren. Und dann ging es plötzlich los: Es gab einen lauten Knall! Alle Fluggäste waren wie erstarrt, in der Kabine herrschte Schweigen. Innerhalb von Sekunden war es draußen und im Flugzeug stockfinster, Donnerschläge erschütterten die Luft, gefolgt von Blitzen, die schlagartig alles erhellten. Zwischen den Blitzschlägen herrschte tiefste Dunkelheit. Im Licht der Blitze sintflutartiger Dauerregen. Das Flugzeug schaukelte hin und her, fiel in Luftlöcher und sackte mehrere Meter ab, schwankte wie ein Schiff – mitten im Landeanflug waren wir von einem heftigen Gewitter überrascht worden. Nicht irgendein Gewitter: 2007 gab es seit August immer wieder starke Sommergewitter, die Teile von Mallorca buchstäblich überschwemmten. Und Luca war auf seinem ersten Flug in einem dieser Gewitter gelandet.

Immerhin waren wir im Flugzeug vor Überschwemmungen sicher lol

Unbeirrt setzte der Pilot den Landeanflug fort. Davon gingen wir zumindest aus: Außer der Durchsage, dass man sich anschnallen soll, gab es keinerlei Erklärungen – und durch das Fenster sah man lediglich dunkle Wolken und Regenschwaden. Ich hoffte inständig, dass die Räder auf dem Boden aufsetzten, bevor Luca oder seine Schwester zur Kotztüte griffen. Immer wieder hallten laute Schläge durch das Flugzeug, nach denen man sich fragen musste, ob das Flugzeug auseinanderfällt oder ob das schon der Boden war, oder stürzen wir sogar ab?

In dem Moment dachte ich: Nice, das ist ja besser als Achterbahn fahren!

Auf einmal gab der Pilot wieder Vollgas. Ohne Durchsage, ohne Ankündigung ging ein Rütteln durch das Flugzeug, die Turbinen lieferten Vollschub, und das Flugzeug startete durch. Mit einem Affenzahn rauschten wir an den Lichtern der Terminalgebäude vorbei und schossen wieder in die Höhe, als ob vor uns aus dem Nichts ein Berg aufgetaucht wäre, den der Pilot kurzerhand überfliegen müsste.

Kurz darauf meldete sich der Pilot endlich und erklärte mit absurd ruhiger Stimme, dass er wegen eines Fahrzeugs auf der Landebahn nicht hatte landen können. Vor den Kabinenfenstern geht die Welt unter, und wir können nicht landen, weil ein Fahrzeug auf der Landebahn ist? Na ja, das war wohl immer noch besser, als auf dem Fahrzeug zu landen.

Er war wohl selbst geschockt

Der Pilot hat das Flugzeug also wieder hochgezogen. Lucas Papa war sich sicher, dass wir nicht auf Palma landen werden. »Bei dem Gewitter, da schicken sie uns bestimmt zu einem anderen Flughafen auf dem Festland«, sagte er. Luca war mittlerweile kreidebleich und ich mir sicher, dass er es so oder so nicht bis zur Landung schaffen würde ohne die Kotztüte zu benutzen.* Ob der Pilot nur eine Runde drehte, um einen zweiten Anlauf zu unternehmen, oder ob er tatsächlich zurückflog, konnten wir nicht sagen – mittlerweile hatten alle die Orientierung verloren. Tatsächlich sind wir aber nach ein paar Minuten erstaunlich sanft auf Beton aufgesetzt, dem klatschnassen, aber sicheren Beton von Palma de Mallorca.

*Stimmt überhaupt nicht. Ich saß natürlich voller Ruhe in meinem Sitz, habe meine schreiende Schwester und meine aufgeregte Mutter beruhigt und mich innerlich über das Spektakel gefreut – mir wird doch nicht schlecht von so ein bisschen Gewitter, also bitte.
Nee, jetzt mal Realtalk:
Seitdem habe ich echt immer ein wenig Flugangst. Ich fliege zwar relativ viel, allerdings bete ich tatsächlich vor jeder Landung kurz, dass alles gut geht – dieser Flug hat mich wirklich sehr geprägt.

Das Gewitter hatte sich in der Zwischenzeit ein bisschen beruhigt, aber der Regen war immer noch genauso stark wie vorher. Schon nach dem kurzen Weg zum Mietwagen waren wir alle nass bis auf die Knochen. Auf manchen Straßen stand das Wasser knietief, und die Scheinwerfer der Autos linsten gerade noch so aus dem Wasser. Es hat so stark geregnet, dass sogar die U-Bahn vollgelaufen ist und nicht mehr fahren konnte.

Kein Scherz!
Das stimmt. Könnt ihr nachgucken, zum Beispiel beim Mallorca Magazin. Auch kein Scherz: Es gibt ein Mallorca Magazin. Auf Deutsch.

Auf dem Weg zum Hotel mussten wir genau so eine Straße überqueren. Es war die letzte Querstraße vor dem Hotel. Bis hierhin war es zwar furchtbar anstrengend gewesen, aber ungefährlich. Und jetzt standen wir vor diesem reißenden Fluss. Es sah so aus, als ob wir auf Safari wären. Eine Herde Zebras muss einen reißenden Fluss überqueren – doch sie können nicht wissen, welche Gefahren der Fluss bereithält. Wie tief ist das Wasser? Wie stark ist die Strömung – wird der Fluss sie mitreißen? Lauern im Wasser gar hungrige Krokodile?

Unser Fluss war immerhin nicht so tief, dass er uns hätte mitschleifen können. Das nahmen wir zumindest an, denn auf der Flussstraße stand links vor uns ein kleiner PKW. Durch die Wassermassen konnte man aber nicht erkennen, ob das Auto auf dem Seitenstreifen geparkt worden oder im Fluss steckengeblieben war. Weit und breit war kein Fahrer zu sehen. Vielleicht war der auch bereits von einem Helikopter gerettet worden, wer konnte das schon so genau wissen.

Unsicher, ob er wirklich durch den Fluss fahren oder doch lieber umdrehen und einen anderen Weg suchen sollte, hat Lucas Papa im Auto abstimmen lassen. Durchfahren oder nicht? Die Frauen im Auto riefen »umdrehen« – die Männer stimmten für »durchfahren«. Unentschieden. Also hat Lucas Papa einmal ordentlich Gas gegeben und ist durch den Fluss gebrettert. Das hat Luca merklich beeindruckt. Immer wieder rief er »Boah! Boah! Papa! Boah!« Mit einem Mal hatte sein Papa für Luca Heldenstatus. Sie verbrachten den ganzen Urlaub miteinander. Dabei sprachen sie immer wieder über die verschiedenen Autotypen, von denen ich überhaupt keine Ahnung habe. Aber ich habe heute noch das Gefühl, das dieses Ereignis ein bisschen dafür gesorgt hat, dass auch Luca ein kleiner Autonarr geworden ist – das Durchqueren der Wasserfluten auf Mallorca und die Tour als Baby im Oldtimer.

Das sieht ja genauso aus wie mein Smiley-Logo! Das hab' ich selbst gepinselt

An der Nordsee dann wieder für mein zweites Standbein geübt: Die Modelkarriere

HOT!

Da sind mein Vater und ich nach Hamburg zum Nordderby HSV gegen Werder Bremen gefahren. Das war das Spiel, in dem Tim Wiese den Kung-Fu-Tritt gegen Ivica Olic rausgehauen hat! :D Auf jeden Fall waren wir hier auf dem Bild im Hafen vorher noch was essen.

Im Stadion angekommen hat Papa mir erstmal HSV-Merchandise gekauft - obwohl ich eigentlich Bayern-Fan war... Das sieht man meinem Gesichtsausdruck auch an :D

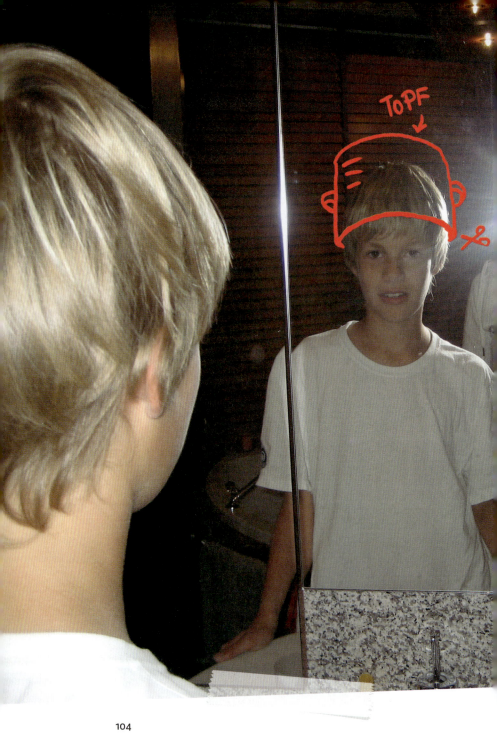

EIN KANINCHEN, BIIIIITTE!

Auf dem Rückweg von einem Schützenfest in Bielefeld entdeckte Lucas Schwester am Straßenrand eine kleine Kaninchenfamilie. Mit etwas Abstand beobachteten wir die kleinen Tiere eine Weile. »Darf ich eins streicheln?«, fragte Luca. »Das schaffst du eh nicht. Die rennen sofort weg«, antwortete sein Papa. Das wollte Luca nicht auf sich sitzen lassen: »Ich probier's mal«, sagte er und tapste sich zusammen mit seiner Schwester langsam vor. Ich dachte, der Streichelversuch würde nur ein paar Sekunden dauern, und wir würden gleich wieder weitergehen. Aber Luca und seine Schwester kamen den Kaninchen immer näher, und die Kaninchen schienen keine Angst zu haben.

Die beiden schafften es tatsächlich, eines der Kaninchen auf den Arm zu nehmen und zu streicheln. Sie fingen es nicht ein, sondern hoben es ganz behutsam auf. Das war wirklich ungewöhnlich. Denn die kleinen Tierchen sind normalerweise unheimlich scheu und suchen sofort das Weite, wenn man ihnen zu nahe kommt. Vielleicht war das Kaninchen auf Lucas Arm von zu Hause ausgebüchst und deswegen bereits an Menschen gewöhnt.

Natürlich kam dann die Frage, die kommen musste: »Können wir es behalten?« Ein wildes Kaninchen kann man aber natürlich nicht einfach mit nach Hause nehmen. Luca und seine Schwester mussten dem kleinen Kaninchen also zuschauen, wie es zurück in den Wald lief. Der Wunsch nach einem Haustier wuchs dennoch weiter. Gott sei Dank haben sie an dem Nachmittag keine Schildkröte oder Eidechse oder Schlange auf den Arm genommen, denn die Idee eines eigenen Haustiers hatte sich natürlich in ihrem Kopf festgesetzt.

106

Lucas Vater war dem Haustierwunsch gegenüber sehr kritisch eingestellt, aber ich fand die Idee gar nicht so schlecht. Die Kinder haben ein neues Hobby und lernen spielerisch, was Verantwortung bedeutet. Das Tier kann ein Spielkamerad und in manchen traurigen Momenten auch Seelentröster sein. Und nennen wir das Kind beim Namen: Wenn das Kaninchen mal stirbt, lernen die Kinder auch damit umzugehen. Außerdem hatten sich Luca und seine Schwester vor kurzem so rührend um den kleinen »Birdy« gekümmert. »Na gut«, willigte Lucas Vater ein, »aber nur eins. Eins muss reichen!«

Krümmel

Nachdem Vater und Sohn in aufwendiger Handarbeit einen Stall gebaut und den nötigen Kleinkram besorgt hatten, fuhren Luca, seine Schwester und ich zu einem kleinen Bauernhof. Ein Kaninchen dort hatte vor kurzem zehn Junge geworfen. Wir wollten nur eins mitnehmen, das war der Deal. Der Züchter dagegen erklärte uns, dass Kaninchen unbedingt mindestens im Pärchen gehalten werden müssen. Auf gar keinen Fall dürfe man Kaninchen alleine halten: Wie Meerschweinchen würden Kaninchen alleine sehr

Ein geschäftstüchtiger Mann, der Züchter!

Vereinsamen könnte ich so schnell nicht – Ich habe ja YouTube!

schnell <u>vereinsamen</u>. Wir kamen also mit zwei Kaninchen nach Hause, und Lucas Papa hatte keine andere Wahl, als das zu akzeptieren. Und so wurden Krümmel und Klopfer Teil der Familie.

Krümmel war ein Männchen und gehörte Luca, seiner Schwester gehörte Klopfer, ein Weibchen. Es war also »Die Klopfer«. Komischer Name für ein Mädchen. Aber das kommt wahrscheinlich nicht von ungefähr. Mir wollte man ja auch nicht glauben, dass »Luca« kein Mädchen ist.

Nach zwei Jahren ging es Klopfer eines Abends nicht mehr so gut. Sie hatte ihr Futter nicht angerührt, und das kleine Herzchen klopfte ganz schnell. Wir beschlossen, sie gleich am nächsten Morgen zum Tierarzt zu bringen. Dafür hatten wir am Abend schon alles vorbereitet, den kleinen Transportkäfig mit Heu ausgelegt, die Adresse des Tierarztes rausgesucht und so weiter. Morgens sind wir früh aufgestanden, doch als wir die kleine Klopfer aus ihrem Häuschen holen wollten, hat sie sich schon nicht mehr bewegt. Unsere ganze Familie war sehr traurig. Auch Krümmel spürte das; seine Schwester fehlte ihm.

Für Klopfer bereiteten Luca und seine Schwester ein kleines Begräbnis im Garten vor. Unter einem selbstgebastelten Kreuz haben sie mit Steinen den Namen in den Boden geschrieben. Das alleine war schon sehr traurig für die beiden. Zusätzlich mussten wir überlegen, ob wir einen Artgenossen für Krümmel besorgen sollten, damit er nicht vereinsamt. Nach langen Diskussionen konnten wir die Kinder jedoch überzeugen, dass es besser war, ein neues Zuhause für Krümmel zu suchen. Ein kleines Mädchen aus der Nachbarschaft hielt schon zwei Kaninchen. Glücklicherweise nahm sie auch Krümmel bei sich auf, und wir konnten ihn manchmal besuchen. Da fiel der Abschied vom zweiten Kaninchen nicht mehr ganz so schwer.

Hier liegt begraben die allseits innig geliebte — KLOFER.

haben wir tatsächlich mit Tränen in den Augen falsch geschrieben

Multitasking at its best: Fußball gucken, Musik hören, chatten.

WER BRAUCHT SCHON MATHE?

Hallo?!

Luca war eigentlich immer ein guter Schüler. Er hatte keine Problemfächer, hat nie Nachhilfe gebraucht und trotzdem gute Noten bekommen. Erst mit Beginn der YouTube-Videos sind die Noten in den Keller gegangen. Vorher war er immer ehrgeizig genug, um gute Noten zu bekommen. Umso bestürzender war es, als Luca eine Fünf in Mathe nach Hause brachte. Es war das erste Mal, dass Luca – vor YouTube – eine schlechtere Note als Vier nach Hause gebracht hat. Für mich war klar, dass es nur ein Ausrutscher gewesen sein konnte. Also habe ich ihm angeboten, dass wir die Themen noch mal zusammen durchgehen – wahrscheinlich hatte er einfach eine grundlegende Sache nicht verstanden. Die nächste Klassenarbeit würde sicher wieder besser werden. Aber Luca war mit den Nerven am Ende. Es war nicht möglich, ihn aufzubauen, geschweige denn, mit ihm Mathe zu lernen. »Willst du zur Ablenkung ein bisschen Game Boy spielen?«, fragte ich. Zum ersten und letzten Mal in seinem Leben antwortete Luca: »Nein, ich habe keine Lust, Game Boy zu spielen.«

Das Einzige, was ihn aufbauen konnte, befand sich damals noch im Garten. Er ging zu unserem Hasenkäfig, und setzte sich sein Kaninchen Krümmel auf den Schoß. Stundenlang saß er so da, hat mit Krümmel geschmust und sich von ihm aufbauen lassen. Mit mir gesprochen hat er nur, um mich zu bitten, dass ich seinem Papa auf keinen Fall von der Fünf erzählen darf.

Klopfer, das Kaninchen meiner Schwester, heißt übrigens Klopfer, weil das Kaninchen häufig mit seinen Hinterpfoten auf den Boden geklopft hat – eventuell, um auf Gefahren aufmerksam zu machen. Krümmel seinerseits hat beim Knabbern einfach IMMER gekrümelt ... daher sein Name, haha

Wir Eltern konnten Luca in seiner Situation nicht weiterhelfen. Da musste schon der gute alte Krümmel für uns in die Bresche hoppeln und den elterlichen Tröstjob übernehmen. Und Krümmels Geschmuse wirkte Wunder: Luca wurde zwar kein Mathe-Ass, aber er hatte am gleichen Abend schon wieder Lust, Game Boy zu spielen.

Nice, direkt war ich wieder zocken :D

DAS SPEZIELLE HOBBY

Luca war mittlerweile 11 Jahre alt. Und alles, was Luca Spaß machte, wollte er sofort und sooft wie möglich wiederholen. Das fing beim Game Boy an und ging mit der PlayStation weiter. Ich weiß nicht, wie viele Stunden Luca vor dem Ding verbracht hat. Auf dem Cover seines Lieblingsspiels stand immer groß FIFA drauf, und irgendein junger Mann im Fußballtrikot war abgebildet. Luca hat wahrscheinlich mehr Zeit vor der GameStation verbracht, als in der Schule. Eigentlich ist er nicht auf das Gymnasium gegangen, sondern auf die PlayCube-Schule. In die FIFA-Akademie. Dabei ~~hat er, im Unterschied zum Game Boy, ziemlich viel geflucht und geschimpft. Manchmal ist er wutentbrannt und mit viereckigen Bildschirmaugen aus seinem Zimmer gekommen, hat sich ein Glas Wasser genommen, alle einmal böse angeguckt und ist wieder in sein Zimmer gegangen. Die Tür hat er natürlich zugeknallt. Gut für seine Entwicklung kann das nicht gewesen sein, aber wir hatten keine Möglichkeit, ihn davon abzubringen. Egal, wie oft ich ihm abends erzählt habe, wie schlecht das stundenlange Zocken ist – den nächsten Tag hat er wieder stundenlang vor dem Ding verbracht.~~

Stimmt alles gar nicht!
Neuesten wissenschaftlichen Untersuchungen zufolge ist es nämlich so: Für Babys gibt es neben Mutter und Vater nichts Wichtigeres als den Kissenzipfel. Und man kann erst guten Gewissens auf den Kissenzipfel verzichten, wenn er von etwas abgelöst wird, das noch wertvoller ist: Wie zum Beispiel Kekse. Die wiederum bleiben für Kleinkinder so lange das Tollste auf der Welt, bis sie erneut etwas Packenderes finden. Ein erfüllendes Hobby. Zum Beispiel FIFA. Viel später interessiert man sich dann als Kerl irgendwann auch mal für Geld und Frauen und eigene Kinder und so weiter. Aber im Leben muss man immer einen Schritt nach dem anderen machen.

*Und das läuft im Normalfall so: Kissenzipfel -> Kekse -> FIFA.
Und später dann: Geld -> Frauen -> Bier.[1]*

Immerhin hat Luca eine Art Ehrgeiz entwickelt, besser zu werden. Das ist schon mal ein Anfang. Leider wollte er aber immer sofort gut sein: Dass gut werden seine Zeit braucht hat er nie eingesehen. Als ich mit Lucas Freunden darüber gesprochen habe, ist mir einiges klargeworden. Manche Dinge waren vielleicht etwas anders als in anderen Kinderzimmern beim FIFA-Zocken. Denn normalerweise will wohl jeder immer nur mit den besten Mannschaften des Spiels antreten. Mit dem FC Bayern, Real Madrid oder Barcelona. Mit denen kann jeder spielen, wurde mir gesagt.

Außer meine Schwester

Luca war das anscheinend zu einfach. Er wollte richtig gut werden und verlangte immer, dass mit schwachen Teams gespielt wird. So mussten im Vorhinein immer ganz genau die Stärken und Schwächen der Teams erkannt werden. Es mussten sich Taktiken überlegt werden, mit denen man sich irgendwie einen kleinen Vorteil verschaffen konnte. Luca hat anscheinend manchmal mehr Zeit mit der Aufstellung, der Taktik und der Rollenverteilung der Spieler verbracht, als mit dem eigentlichen Match selbst. Dass es dabei eigentlich nur um ein bisschen Rumgedaddel ging, hat Luca nie gestört. Er wollte alle Tricks wissen und das Spiel komplett verstehen. Manchmal hat er alleine stundenlang nur an seiner Taktik gebastelt. Lange bevor seine Kumpels vorbeikamen, hat er schon über das Spiel nachgegrübelt und an Kleinigkeiten rumprobiert. Aber ich habe gehört, dass Luca trotzdem oft eine Abreibung verpasst bekommen hat, wenn er mit Arminia Bielefeld gegen Deutschland gespielt hat.

*Ha! Am Anfang vielleicht.
Irgendwann war ich
unbesiegbar!*

*[1] Habe ich »wissenschaftliche
Untersuchungen« gesagt?
Ich meinte natürlich Facebook.*

In dieser zeitintensiven FIFA-Phase hat Luca sich auch die ersten YouTuber angeguckt. Luca war total begeistert und wollte sofort seinen eigenen Kanal starten. Er hat alles aufgesaugt, was er zu dem Thema finden konnte. YouTube war nach FIFA vielleicht einfach der nächste logische Schritt in seinem Leben.

Zugleich gingen aber auch Lucas Leistungen in der Schule in den Keller. Deswegen haben wir damals ein Gespräch mit einem Kumpel von Luca gesucht, der ein paar Jahre älter war. Wir fragten ihn über Luca und sein, nun ja, spezielles neues Hobby aus. Der wusste überhaupt nicht, worauf wir hinauswollten. »Spezielles Hobby? Keine Ahnung, wovon Sie reden«, sagte Lucas Kumpel. Ich druckste ein bisschen herum, bevor wir erklärten, wovon wir eigentlich sprachen: »Luca sperrt sich in letzter Zeit oft lange in seinem Kinderzimmer ein und will nicht gestört werden. Ich bin mir sicher, dass er in der Zeit keine Hausaufgaben macht, denn seine Noten sind deutlich schlechter geworden. Und FIFA spielt er auch nicht, sonst würde ich ihn viel öfter fluchen hören.«

Lucas Kumpel wusste, dass Luca wie besessen an seinem YouTube-Channel arbeitete. Obwohl alle seine Freunde ihn immer unterstützt haben, hat es Luca anfangs etwas Überwindung gekostet, sich selbst aufzunehmen. Deswegen hat er gerne alleine in seinem Zimmer daran getüftelt. Wir Eltern aber wussten von der ganzen Sache nichts. Wir hatten eine ganz andere Art Hobby im Kopf.

An welches Hobby wir dachten, wurde Lucas Kumpel dann auch klar, als wir verständnisvoll ausführten, dass Luca in einem Alter sei, in dem er auch seine Pubertät ausleben müsse. »Wir machen uns einfach Sorgen, weil er nur noch in seinem Zimmer hockt.« *Ähm. Mama? Muss das hier wirklich so ausführlich sein?*

Lucas Kumpel starrte uns perplex an, und wie aus der Pistole geschossen sagte er: »Luca macht definitiv nichts VERBOTENES!« Er wollte uns wohl die Sorgen nehmen. Aber er antwortete so nervös, dass es uns merkwürdig vorkam. Das war, wie wenn man Pizza zum Liefern bestellt und am Telefon klar und deutlich sagt: »Bitte KEIN KNOBLAUCH!« Das Einzige, was dem Pizzamann davon im Gedächtnis bleibt, ist das Wort KNOBLAUCH! Und auf der bestellten Pizza landet dann immer extra viel KNOBLAUCH.

So war es damals auch, als wir das Wort VERBOTEN hörten. Bei uns Eltern läuteten sofort die Alarmglocken. Es hat auch überhaupt nicht geholfen, dass Lucas Kumpel dann noch den Satz hinterherschob: »Luca nimmt in seinem Zimmer Videos auf und stellt sie dann ins Netz.« Mittlerweile können alle Beteiligten über diese Anekdote schmunzeln. Aber meine Güte, was hatten wir uns Gedanken darüber gemacht!

Kurze Zeit darauf wurde Luca auch selbst klar, dass er in der Pubertät steckte. Nachdem wir mal wieder heftig aneinandergeraten waren, fragte er mich bei der Versöhnung: »Mama, wie lange dauert eigentlich so eine Pubertät?« Ich erklärte ihm: »Im Normalfall zwischen drei und fünf Jahren, aber bei dir bin ich mir nicht so sicher – wir sprechen uns mal in zehn Jahren wieder!«

Ich liebe und hasse FIFA:
https://youtu.be/eodYwuG4Ve0?t=576

LIEBESKUMMER

Kurz vor Lucas erster kleiner »Beziehung« ~~war~~ ~~~~ ~~r~~ hielt die ~~~~ ~~bereit –~~ Liebe ~~~~ allerdings, dass ~~~~ denkt.

Flaaaaaaah! Wieso erinnerst du dich überhaupt dadran.

~~————————~~ wir ~~——~~ immer ~~———~~
~~————————~~ e des ~~———~~ fand ich ~~———~~
~~————~~ Zettel a~~—~~ dem ~~——————————~~
~~—————————~~ zigmal ge~~~~schrieben wurde ~~———~~
~~————————————~~ d es ~~————~~ dass ~~——~~
auch ~~———~~ s Nachnamen dazugeschrieben hat. ~~——~~
~~————————————————————~~ Tausende
Mädchen, die ~~————————~~ Aber ~~——————~~
~~—————~~ eine – ~~——————————~~

Da ▓▓▓▓▓▓▓▓▓▓▓ Freunden der Familie ▓▓▓▓▓▓▓▓▓▓ in unserem Haus ▓▓▓▓▓▓▓▓▓▓▓▓▓▓ Nachb▓▓▓▓▓▓▓▓▓▓▓▓▓▓▓▓▓▓▓▓▓▓▓▓▓▓▓▓▓tfernt. Luca ▓▓ gleiche ▓▓▓▓▓▓▓. ▓▓▓▓▓▓▓▓▓▓▓▓▓▓▓▓▓▓▓▓▓▓▓▓▓▓▓▓▓▓besse▓▓▓▓ ▓▓▓▓▓▓▓▓▓▓▓▓nur Augen für ▓▓▓▓▓▓▓▓▓▓▓▓sie ▓▓▓ ▓▓▓▓▓▓▓▓▓▓ interessiert, die ▓▓▓▓▓▓▓▓▓▓▓▓▓▓▓▓▓▓. Da konnte der kleine Luca ▓▓▓▓▓▓▓▓▓▓▓▓▓

Ich meine, mich daran zu erinnern, ▓▓▓▓▓▓▓▓▓▓▓ ▓▓ ▓▓▓▓▓▓▓▓▓▓▓▓▓▓▓▓▓▓▓▓▓▓▓▓ Name. Jedenfalls hat Luca ▓▓▓▓▓▓▓▓▓▓▓▓▓▓▓▓▓▓▓▓▓▓▓▓▓▓▓▓▓▓▓▓▓▓▓▓▓▓b kein Wort rausbekommen. Wenn wir als Familie zusammensaßen, hat ▓▓▓▓▓▓▓▓▓▓▓▓▓▓▓▓▓▓▓▓▓▓▓▓▓▓▓ ▓▓▓▓▓▓▓ hat der kleine Luca über beide Ohren gestrahlt! ▓▓▓▓▓▓▓▓▓▓▓▓▓▓▓▓▓▓▓▓▓▓▓▓▓▓▓▓n Leben ▓▓▓▓▓▓▓▓▓▓ haben.

Das ist viel zu privat und kann so nicht im Buch stehen – man sieht doch auf dem Bild, wie traurig ich war :)

Ein seltener Anblick: Ich und ein Buch :D

GELD VERDIENEN

Ein besonderes Ereignis in Lucas Leben war es, als er seinen ersten eigenen Fernseher für sein Zimmer bekam. Sehr lange habe ich das nicht erlaubt. Ich wollte nicht, dass die Kinder eine eigene Idiotenkiste auf dem Zimmer haben. Ich habe mir auch gewünscht, dass Luca spannendere Hobbys hat, sich zum Beispiel ein bisschen mehr für Bücher interessiert. Aber seine Hobbys und sein Alltag waren so geprägt von dieser Kiste, da konnte ich irgendwann nicht mehr nein sagen – ob er jetzt im Wohnzimmer oder in seinem eigenen Zimmer sitzt, war dann auch egal. Außerdem brauchte er den Bildschirm ja zum Zocken. Und schließlich hat Luca seinen ersten eigenen Fernseher mitfinanziert: Er hat ihn sich verdient.

Bücher schreibst du ja für mich :)

Zwei- bis dreimal pro Woche musste Luca bestimmte Aufgaben im Haushalt erledigen. Ich muss bestimmt nicht lang und breit erklären, dass Luca darauf überhaupt keine Lust hatte. Aber ich finde, es gehört dazu, zu Hause mit anzupacken. Und er musste sich ja seinen Fernseher erarbeiten.

Ich lernte bald, was die beste Zeit ist, Luca an seine Aufgaben zu erinnern. Morgens vor der Schule war es schlecht. Freitagnachmittags vor dem Wochenende war es auch schlecht. Unter der Woche, wenn er im Wohnzimmer vor dem Fernseher hockte – das war die beste Zeit, um ihn an seine Aufgaben zu erinnern. Allerdings nur genau dann, wenn gerade die Werbung lief. Das sind in der Regel um die sieben Minuten. Während der Werbung hat er sich am ehesten aufgerafft, um die Spülmaschine auszuleeren oder im Garten das Unkraut auszurupfen. Nachdem Luca mir das ausgerupfte Unkraut gegeben hat, habe ich den ausgerupften Rucola, den ausgerupften Rosmarin und das ausgerupfte Basilikum wieder eingepflanzt und das Unkraut im Biomüll entsorgt.

Habe nur sieben Minuten Zeit gehabt. Keine Zeit zum Überlegen und Sortieren. Bin halt ein Macher!

Im Herbst sollte es zu Lucas Aufgaben gehören, im Garten das Laub zusammenzufegen. Aber das ergab für Luca überhaupt keinen Sinn. Am nächsten Tag würden eh neue Blätter auf den Boden fallen, war sein Argument – warum sollte er die also sofort zusammenkehren. »Ich kehre einmal. Und zwar wenn alle Blätter abgefallen sind.« Die Blätter musste ich also doch selbst zusammenkehren, da half auch die Aussicht auf einen neuen Fernseher nicht.

Manchmal habe ich Luca auch Sachen machen lassen, auf die ich selber keine Lust hatte. Zweimal im Jahr musste ich die Gardinen im Haus waschen und wieder aufhängen. Diese kleinen Röllchen in die Schienen an der Decke zu fummeln ist aus meiner Sicht die schlimmste Aufgabe einer Hausfrau. Die ganzen Meter an Stoff muss man sich auf die Schulter packen und damit dann auf der Leiter balancieren. Solche Aufgaben habe ich immer gerne an Luca abgegeben. »Du bist doch stark, oder?«, habe ich ihn dann gefragt. Da wusste er aber meistens schon, dass ich ihn in eine Haushaltsfalle locken wollte.

Für seine Hilfe im Haushalt hat Luca dann ein bisschen Geld bekommen. So konnte er sich neben dem Taschengeld etwas dazuverdienen. Er sollte früh lernen, was es bedeutet, für etwas zu arbeiten. Wenn Luca mal größere Wünsche hatte, haben wir ihm aufgezeigt, wie oft er mir im Haushalt zur Hand gehen muss, damit wir ihm die Hälfte dazuzahlen.

Vielleicht hing es mit seiner Arbeit im Haushalt zusammen, dass sein Gerechtigkeitssinn immer schon sehr ausgeprägt war. Er hat immer darauf geachtet, dass zwischen ihm und seiner Schwester fair geteilt wird. Als mir Lucas Grundschullehrerin erzählt hatte, dass Luca in den Schulpausen sehr engagiert seiner Aufgabe als Streitschlichter nachging, war ich sehr stolz. Leider war es wohl so gewesen, dass die streitenden Kinder Luca nie als Respektsperson wahrgenommen und seine Worte gar nicht beachtet haben.

Zu Hause erreichte er in Sachen Hausarbeit aber schnell die nächste Stufe. Eines Abends, als Lucas Papa an seinem Oldtimer schraubte, ließ er sich von Luca Nahrungsnachschub in die Garage bringen. Ich fragte ihn daraufhin, ob er denke, dass das gute Erziehung sei? »Erziehung?«, antwortete er. »Keine Ahnung. Aber ich habe für diese Snacklieferung acht Euro bezahlt!«

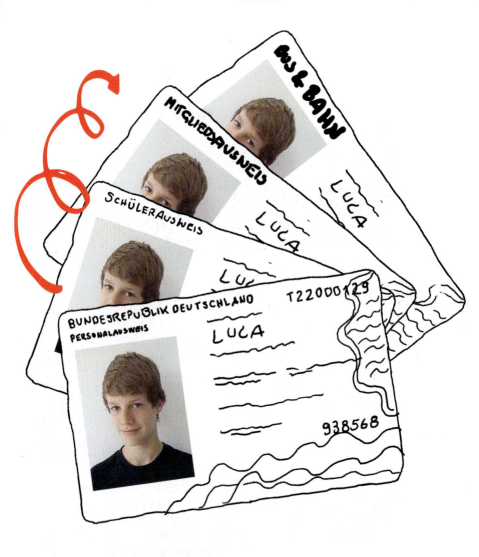

Dieses Passbild habe ich wirklich übernutzt — Schülerausweis, Perso, überall.

Familienausflug auf dem Rhein:
Mehrere Tage sind wir auf dem Rhein rauf und runter gefahren.
Und mein Cousin und ich haben die ganze Zeit Pokémon gespielt :)

Das hier war mein YouTube-Profilbild, bei dem man zum ersten Mal erahnen konnte, was für ein Typ ich bin.
Mein Gesicht habe ich damals noch nicht gezeigt.

hallo, liebes Tagebuch, mein Name ist Luca.

Ich bin 10 Jahre alt und gehe in die vierte Klasse vom

Freundin ██ ich sie mag ████ Klassenfahrt ████

seitdem ist ████ Fußballspielen zugeguckt. ████ viel mehr.

In meiner Klasse ████ behaart, ████ Komisch ██ heute ██ ████ ich ████ neues ████ Lieblingsfilm ist König der Löwen Teil eins. ████ este Film den es gibt!

so viel Game Boy ████ Pokémon ████ Pokémon ████

██████████████ Brot mit ████████████
████████████████████████████████████
███████████████████ esse ich am liebsten
Pizza, ███████████ Pizza ist eigentlich das beste Essen
der ██████████████████████████████████
█████████████ ist die beste Pizzeria ████████
██████████████ Haare.
hat schwarze Haare ███████████████
████████████████████████████████████
████████████ voll cool!

███████████ der beste Beyblade ████████
████████████████████████████████████

Bis bald, liebes Tagebuch!

Ich habe keine Ahnung, wo Mama diesen
Tagebucheintrag aufgetrieben hat - oder warum
sie denkt, dass es eine gute Idee wäre, den in
einem Buch zu zeigen.
Das ist so privat, das kann hier
nicht einfach stehen bleiben ...

YOUTUBE-START

Im Frühjahr 2011 ging es für Luca auf YouTube los. Bis sein Vater und ich überhaupt wussten, dass er Videos aufnimmt, ist aber bestimmt noch ein halbes Jahr vergangen. Und bis wir mal ein Video gesehen haben sogar noch ein paar Monate mehr. Und verstanden, warum andere Leute meinem Sohn beim Meinkraft-Spielen zugucken wollen, das habe ich bis heute nicht. ...

Als ich das erste Mal ein Video von Luca gesehen habe, da hatte er seinen ersten Kanal mit 2000 Abonnenten schon wieder gelöscht und den aktuellen Kanal »Conqueror« gestartet.* Was er in seinen Videos genau macht, hat Luca vor uns verheimlicht. Es hat uns sehr interessiert, etwas von Lucas so zeitintensivem Hobby zu sehen, aber er wollte uns einfach nichts zeigen. ==Wahrscheinlich war es Luca ein bisschen peinlich==*, und er war selbst noch nicht so richtig zufrieden mit seiner Arbeit.

Als ich mal wieder versuchte, sein Hobby zu verstehen, sagte ich ihm, dass er uns ja nicht seine Videos zeigen müsse: »Sag uns doch einfach nur mal ungefähr, was in deinen Videos passiert.« Darauf entgegnete Luca nur: »Kronk. So was will ich auch machen.« Kronk also. Was ist ein Kronk? Kronk. Das klingt wie das Geräusch, das man hört, wenn nachts eine schlafende Kuh umgeschubst wird und auf der Seite im Gras landet. *Kronk!* Oder wenn bei Jurassic Park der erschossene Dinosaurier zusammenklappt und auf eine Holzhütte kracht. *Krrrrrronk!* Was zur Hölle ist ein Kronk?

Luca musste mich also darüber aufklären, dass mit Kronk der Tschännel von »Gronkh« gemeint ist. Der Tschännel, das ist so wie der Sender im Fernsehen, hat Luca mir da-

*... :/
Andersrum,
Mama, genau
andersrum.

*Waren aber
auch peinliche
Videos!
Gut, dass man
die nicht mehr
sehen kann.

KRRRONK!

mals erklärt. Und dass es Channel heißt. Und dass Channel englisch ist für Kanal, aber das wusste ich natürlich schon lange (und dass Chanel mit einem n ein Parfüm ist). Wirklich etwas anfangen konnte ich mit dem Gronkh nicht. Der Gronkh hat ein Computerspiel gespielt, und ich glaubte, Spiderman darin wiederzuerkennen. Unterhaltsam fand ich den Gronkh mit seinem Video allerdings nicht. Ich habe mich die ganze Zeit gefragt, warum immer, wenn in dem Spiel jemand spricht oder die Geschichte erzählt wird, dieser Gronkh dazwischenquasselt.

Insgesamt fand ich das Video aber gut – und zwar, weil es total harmlos war. Ich musste mir also keine Sorgen machen. Sollte Luca ruhig so was wie der Gronkh machen. Nicht unbedingt 12 Stunden am Tag, aber wenn er Spaß daran hatte, sollte das ruhig sein Hobby werden. Lucas Papa war natürlich auch ganz interessiert daran, was Luca denn nun auf YouTube machte. Ich habe ihm also den Gronkh gezeigt. »Er zeigt, wie er Videospiele spielt?«, hat er gefragt. Und auf Luca bezogen: »So was guckt sich eh niemand an.«

Bei Niemand sollte es für Luca nicht lange bleiben. Obwohl er seine YouTube-Aktivitäten vor Freunden und Bekannten immer mehr oder weniger »geheim« hielt, wurden nach und nach mehr Leute auf seinen Kanal aufmerksam. Irgendwann wurde Luca ein Thema auf dem Schulhof und kurze Zeit später war er bereits in aller Munde. Er hat in dem Jahr noch nicht jeden Tag ein Video hochgeladen, aber er hat sich täglich Gedanken darüber gemacht, wie er seinen Kanal verbessern kann. YouTube sollte seine absolute Leidenschaft werden – und kein Hobby, das er mal nebenbei ausprobiert.

Realtalk mal wieder, Freunde! :D
Ich wollte tatsächlich nie in irgendeiner Form bekannt werden ...
Also klar: ich hätte schon gern Tausende Abonnenten gehabt, aber ich
wollte am liebsten, dass keiner meiner Bekannten etwas von
YouTube mitbekommt. Mir war das ehrlich gesagt ein
wenig »peinlich«, da es ein Hobby war, dass kein anderer gemacht hat :D

– WÖRTER

Manchmal waren Luca und seine Kumpels zu mehreren vor dem Computer und haben zusammen kommentiert, wie sie ein Computerspiel spielen. Mit Freunden fühlt man sich vor dem Mikrophon schnell ein bisschen stärker als alleine. Da passiert es schon mal, dass man sich gegenseitig hochschaukelt oder auch mal im Wort vergreift. Und so kam es, dass Eltern von Freunden und Mitschülern bei uns anriefen und sich darüber beklagten, dass Luca die Stimmen und Meinungen ihrer Kinder »für alle Welt sichtbar ins Netz stellt«. Die Eltern haben sich wohl ein bisschen Sorgen gemacht, wenn in Lucas Videos mal das eine oder andere nicht jugendfreie Wort gefallen ist – und wenn dann noch ihr Kind involviert war, war das für viele schon nicht mehr in Ordnung. Aber ich meine, dass unter engen Freunden schon mal rumgealbert und sich geärgert oder auch beleidigt werden darf. Allerdings darf es niemals persönlich verletzend sein.

Schimpfwörter sind eben auch etwas Faszinierendes. Wer ein Schimpfwort sagt, löst sofort eine starke Reaktion bei anderen Menschen aus. Das macht diese Wörter so interessant. Deswegen verstehe ich es, wenn Kinder damit Spaß haben. Eine simple Aktion, einfaches Geplapper kann dafür sorgen, dass in der Schule der Lehrer ausrastet, Passanten an der Bushaltestelle schockiert gucken oder einfach, dass andere Kinder sich kaputtlachen. So ein Schimpfwort wirkt da schon wie eine Art Zauberspruch: Man sagt ihn auf, und es passiert etwas.

Mama …
Daraus haben wir gelernt.
Wird nie wieder vorkommen :D

Es gab damals viele Gespräche zwischen Eltern zu dem Thema Youtube und den Kommentiervideos. Nicht immer wurde sich da über die Wortwahl beschwert, sondern meistens ging es um das Video an sich. Die Tatsache, dass ihre Kinder Spaß daran hatten, Videos zu kommentieren, fanden die meisten Eltern völlig absurd. Die meisten konnten einfach gar nichts damit anfangen.

Und jetzt kommentieren wir Kommentare zu Videos, in denen wir Videos kommentieren. Wenn das meine Eltern wüssten ...

Unter den Videos der Jungs lasen wir viele Kommentare von besorgten Eltern. Deswegen stellten wir Luca zur Rede. »Wir machen nichts Schlimmes, das ist doch nur Spaß!«, verteidigte er sich. Aber sein Papa wollte ein paar Benimmregeln für Lucas Videos aufstellen. Darüber war Luca abgrundtief enttäuscht. Er fand es schrecklich, dass wir uns in die Arbeit an seinen Videos einmischen wollten, bei denen er sich so viel Mühe gab. Zu Recht, muss ich heute sagen. Wir konnten einfach viele Dinge nicht einschätzen, und das machte uns Sorgen. Was die drei Jungs in Lucas Zimmer bequatschten, sollte ruhig unter denen bleiben. Unter guten Freunden soll man sich eh alles sagen dürfen. Aber wenn es öffentlich wird, fragt man sich sofort: Wer sieht das? Kann man die Sachen falsch verstehen? Und ist das so in Ordnung? Es war damals schon ein intensives Hobby, und wir kannten ja tatsächlich viele Zusammenhänge nicht, geschweige denn die Spiele und Manöver, die kommentiert wurden – eine fremde Welt mit einer fremden Sprache, die wir lange Zeit überhaupt nicht verstanden haben.

Tu doch nicht so - ihr versteht immer noch nichts davon haha

Meine erste Timelapse lol

NICHT ANFASSEN!

Früher waren in Lucas Zimmer Poster von Schweinsteiger, sein Bett war voller Kuscheltiere, es hing ein Boxsack an der Decke, Yu-Gi-Oh!-Karten lagen auf dem Boden. Kurz nach seinem Start auf YouTube verschwand all das, und Luca hat sich zum Geburtstag, zum Namenstag oder zu Weihnachten nur noch Ausstattung gewünscht, die ihm dabei helfen sollte, seine Videos in besserer Qualität zu produzieren. Zuerst brauchte er unbedingt ein besseres Mikro für seine Stimme, dann ein teures Schnittprogramm, später merkwürdige Regler und Mischer, Unmengen an Kabeln, ausgefeilte Stative und irgendwelche weißen Boxen, ohne die man wohl eigentlich keine Videos aufnehmen kann.*
Vielleicht hatte der Gronkh einfach die gleichen Sachen und Luca wollte sie deswegen auch unbedingt haben.

*Softboxen, richtig.
Sonst erkennt mich niemand, weil Schatten auf meinem Gesicht liegen. Wie gesagt: Mit YouTube kennt ihr euch immer noch nicht aus.

Das hier war so in etwa mein erstes Aufnahmesetup:)

In seinem Zimmer war es jedenfalls karg geworden. Es gab ein Bett, es gab einen Schreibtisch mit Computergeraffel, das niemand in der Familie auch nur anrühren durfte – und sonst nichts. Irgendwann stand dann so viel Aufnahmekrempel in seinem Zimmer, dass es fast schon unmöglich war, dort noch aufzuräumen oder zu putzen. Außer Luca durfte nämlich niemand seine hochempfindlichen Gerätschaften anrühren. Als mir über die Unordnung in Lucas Zimmer mal wieder der Kragen platzte, habe ich eine Hausordnung aufgestellt, gültig für die Zeit, die Luca bei uns wohnt. Mein Ziel war, das gemeinsame Familienleben erträglicher und harmonischer zu gestalten. In der Hausordnung ging es um Teilhaben am Familienleben, regelmäßige Essenszeiten, Nachtruhe und Benimmregeln. Als es trotzalledem mal wieder eskalierte, habe ich zum Äußersten gegriffen und mein Anti-Zicken-Spray gegen Luca eingesetzt. Das war jedoch leider erfolglos; es ist ja auch für Mädchen gedacht ...

Nach einem zwölfstündigen Aufnahmemarathon von Luca habe ich einmal den Pumakäfig kräftig durchgelüftet. Dabei hat der Fensterrahmen wohl seinen Mikroständer touchiert, und der Sound war nicht mehr perfekt. Luca hat sich über meine Tat aufgeregt, als hätte ich Picassos Atelier in Brand gesteckt. Ich fand's leicht übertrieben. YouTube hatte plötzlich so eine große Rolle in Lucas Leben eingenommen, dass die ganze Familie ein bisschen überfordert war. Keine Zeit mehr zum gemeinsamen Abendessen, keine Zeit mehr für Fußballtraining – und manchmal hatte Luca auch keine Zeit mehr zu schlafen.

#priorities

Hiermit habe ich mir damals für meine Videos eigene Hintergrundbeats gebastelt, weil ich keine Backgroundmusik im Internet gefunden habe, die meinen »Ansprüchen« gerecht wurde.

FUSSBALL ODER KIRCHE?

Lange Zeit hatten wir zu Hause immer einen Gebetswürfel neben dem Tisch stehen. Auf jeder der sechs Seiten war ein kurzes Gebet abgedruckt. Vor dem Abendessen durften die Kinder abwechselnd ein Gebet auswürfeln und es dann dem Rest der Familie vortragen. Obwohl das System eigentlich idiotensicher war, gab es oft Streit zwischen Luca und seiner Schwester: Wer hatte mehr Gebete vorgelesen? Zum Ausgleich musste es dann manchmal vor nur einem Essen so viele Gebetsrunden geben, dass unser Abendessen schon gar nicht mehr heiß war, bis wir endlich anfangen durften.

Als Kind hat Luca immer Gefallen daran gefunden, sich für die Kirche hübsch anzuziehen und in seinen schicken Anzug zu schlüpfen. Eine Zeitlang wollte er sogar mal Messdiener werden und hat sich in der Gemeinde mit der Kirchenjugend um verschiedene Projekte gekümmert. Die Messdiener hatten eben auch immer schicke Kutten an, das hätte Luca gefallen. Außerdem gab es auch Mädchen, die in den Messen dienten. Allerdings hat der Weihrauch letztendlich dafür gesorgt, dass er kein Messdiener werden konnte: Von Weihrauch wurde ihm immer schlecht. Deswegen konnten wir nie in der ersten Reihe sitzen.

Nachdem er in den Fußballverein eingetreten war, hatte Luca sonntags immer öfter Fußballspiele. Die große Belastung durch Training und Spiele hat dann dafür gesorgt, dass sich am oberen Schienbein, direkt unter der Kniescheibe eine Verknöcherung, ein kleiner knöcherner Hubbel, gebildet hat. Das tat nicht dauerhaft weh und man musste es nicht vom Arzt entfernen lassen, aber es sorgte dafür, dass Luca sich nicht mehr auf die Gebetsbank knien konnte.

Idiotensicher – das ist nicht sicher genug, wenn Luca dabei ist!

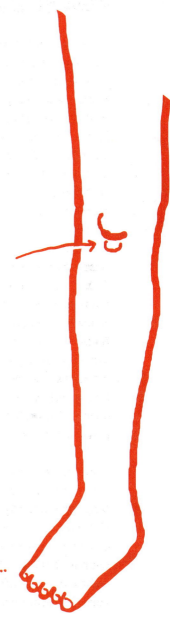

Ich war ehrlich gesagt mit zunehmendem Alter immer weniger gern in der Kirche ... Ich bin sehr gläubig und bete nahezu täglich, jedoch auf meine eigene Art und Weise vor'm Einschlafen oder vor wichtigen Ereignissen. Ich möchte keine wöchentliche Zeit vorgeschrieben bekommen, zu der ich in einem Gebäude meinen Glauben ›ausleben‹ soll ... Und Fußballspiele kamen auch noch dazwischen! :D

Na gut, vielleicht ist an der Autofaszination doch ein kleines bisschen was dran. Auch wenn das noch begleitetes Fahren mit 17 war.

ZEIG DICH!

Luca hatte also schon einiges an Equipment, als er mit »ConCrafter« seinen zweiten Kanal startete. Ich würde sagen, er hatte mehr als genug, das Zimmer stand ja voll damit, aber für ihn war das erst der Anfang, wie ich schnell feststellen sollte. Auf YouTube kamen seine Videos auf jeden Fall gut an. Wahrscheinlich auch, weil er seine Zuschauer von Anfang an gefragt hat, was sie in seinen nächsten Videos gerne sehen würden. Zu Beginn ging es dabei nur um Minecraft, aber mit jedem Video haben mehr Leute Fragen an Luca gestellt: Wie alt bist du? Was ist dein Lieblingsessen? Hast du eine Freundin? In welche Klasse gehst du?

O ja! Ich hatte eigentlich fast gar nichts!

Und wo hast du die tollen Kabel her?

Für Lucas Papa und mich war das ein sehr komisches Gefühl. Wer waren diese Leute, die sich die Videos anschauten – Stalker? Freunde von Luca? Schulkameraden? Wer die Videos aufmerksam schaute, der konnte schon einiges über Luca herausfinden. Darüber waren wir einigermaßen verängstigt. Er sollte normal zur Schule gehen und ein normales Leben führen können, ohne Fans vor der Haustür – vor allem nicht an der Nordsee! Im Nachhinein muss ich zugeben, dass Luca das immer sehr gut gehandhabt hat. Dazu hat vielleicht auch beigetragen, dass er klare Regeln zu befolgen hatte. Der echte Luca durfte in seinen ConCrafter-Videos nicht auftauchen. »Wenn du 18 wirst«, haben wir ihm gesagt, »dann kannst du selbst über dein Privatleben entscheiden. Aber solange du deine Videos in unserem W-LAN produzierst, bestimmen wir die Regeln.«

Neben all den anderen Themen tauchte eine Frage immer öfter auf: warum Luca sein Gesicht nicht zeigte – und wann er das endlich tun würde. Eines Abends hat er uns also gefragt: »Darf ich mich auf meinem Kanal zeigen?«

Er kannte unsere Meinung dazu, aber er wollte es trotzdem versuchen. Unsere Absage hat Luca hart getroffen, er war fuchsteufelswild! Er hat uns vorgeworfen, dass wir nicht verstünden, wie YouTube funktioniere, und dass er wisse, welch tolle Fans er habe.

In den folgenden Tagen und Wochen kam Luca immer wieder zu mir und hat mir erklärt, warum seine Videos soooooo viel schönere Videos wären, wenn er mit einer Facecam arbeiten könnte. Lucas Idee muss gewesen sein, dass ich einfacher umzustimmen sei als sein Vater. Luca sollte recht behalten: Irgendwann hatte er mich überzeugt. Er hatte keine besonders stichhaltigen oder überzeugenden Argumente, aber ich sah in seinen Augen, wie wichtig es ihm war. Richtig angefleht hat er mich. Luca war damals 17, fast volljährig also. Das passt schon, dachte ich – früher oder später würde er es eh tun. »Und was ist mit Papa?«, fragte Luca. »Ach, dein Vater kriegt das wahrscheinlich gar nicht mit«, nahm ich an. »Woah! Danke, Mama!«, rief Luca überglücklich.

Erwischt!

Kurze Zeit später stellte sich raus, dass Lucas Papa sehr wohl mitbekommt, was auf Lucas Kanal passierte: Lucas Papa guckt nämlich alles, was Luca postet. ALLES!

Vorbildlich. Ein vorbildlicher Papa – im Gegensatz zu meiner Mama. Die schreibt lieber Bücher, in denen sie alle Peinlichkeiten preisgibt, die ihr einfallen. Danke, Mama!

Sauer war er aber zum Glück nicht. Er vertraute Luca, dass er verantwortungsvoll mit seinem Privatleben umgehen würde. Und das macht er bis heute glücklicherweise immer noch sehr gut.

Das Video war natürlich schon lange gedreht, bevor ich um die finale Erlaubnis gefragt habe. Haha!

Anscheinend war Luca aber nicht ganz so selbstsicher, wie er sich uns gegenüber gegeben hat: Im ersten Video, in dem er sich gezeigt hat, saß er zusammen mit einem Freund vor der Kamera. Wahrscheinlich hat er die Unterstützung gebraucht. Die beiden haben Fragen der Zuschauer beantwortet. Es sah so aus, als hätte Luca sich extra schick gemacht und ein schönes Hemd angezogen. Beide Jungs wirkten sehr schüchtern und kicherten bei jeder Gelegenheit. Aber die Augen leuchteten, und sie hatten großen Spaß – auch wenn die Geschichten etwas chaotisch erzählt wurden. Als die beiden kleinen Jungs dann »von früher« und ihrer ersten Begegnung miteinander sprachen, grinsten sie so sehr und kicherten verschmitzt, dass man das Gefühl hatte, man hört gerade einem Liebespärchen bei ihren Anekdoten zu. Jungs hören so was nicht so gerne, aber es war total niedlich.

Du auch, Mama? Es gab richtig viele dumme Kommentare unter dem Video, ob wir schwul seien oder nicht. Und jetzt kommst du auch damit um die Ecke!
https://www.youtube.com/watch?v=lwkEJNJkAvg

> *Mach du dich nur lustig über mich.
> Das Verletzungsrisiko ist offensichtlich
> viel niedriger, weil man beim Aufsteigen
> nicht umkippen kann! Außerdem hatten das alle so.
> War cooler lol

ZWEI RÄDER

Zu seinem Geburtstag haben wir Luca einmal ein wunder-
schönes Hollandrad geschenkt – die Version mit einem
niedrigen Einstieg, für die Damen unter uns. Luca hat sich
das explizit so gewünscht. Ohne die Strebe in der Mitte ist
das Auf- und Absteigen viel entspannter für den armen,
alten Luca.* Am nächsten Wochenende besuchte er damit
einen Kumpel. Das schöne Damenrad hat er im Hinterhof
abgestellt. Als die beiden später zu einem gemeinsamen
Freund fahren wollten, stand Lucas Fahrrad nicht mehr im
Hof: Das schöne neue Fahrrad mit dem niedrigen Einstieg
wurde mitten am Tag aus dem Hof geklaut. Ich weiß nicht,
ob Luca es wirklich so ordentlich abgeschlossen hatte, wie
er behauptet hat.

> Natürlich habe ich das abgeschlossen!
> Ich bin mir ganz sicher, dass ich das bestimmt
> ziemlich gut abgeschlossen habe.

Am nächsten Montag saßen wir morgens beim Frühstück,
als Luca plötzlich aufsprang: »Jo – wie komme ich eigentlich heute zur Schule?« Wir hatten alle vergessen, dass er
gar kein Rad mehr zu Hause stehen hatte. In der Not habe
ich ihm also mein Fahrrad geliehen. Es war ein silbernes
Damenrad – mit niedrigem Einstieg, perfekt für Luca –, das
ich in einem Discounter günstig bekommen habe.

Etwa 20 Minuten nachdem Luca von zu Hause losgefah-
ren war, klingelte plötzlich das Telefon. Luca hätte längst in
der Schule sein müssen, deswegen überraschte mich sein
Anruf sehr. Völlig außer Atem und ganz perplex von dem,
was er gerade erlebt hatte, meldete er sich am Telefon. Im
Hintergrund hörte ich den Straßenlärm und befürchtete
natürlich, dass er in einen Unfall verwickelt gewesen war.

Aber Luca meinte nur ganz trocken: »Das Fahrrad ist durchgebrochen. Kannst du mich abholen?«

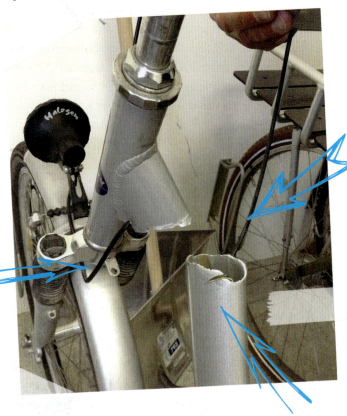

Ich stieg also in unser großes Auto. Allerdings wusste ich immer noch nicht so richtig, was mich vor Ort erwarten würde. Was soll das heißen, Fahrrad durchgebrochen? Mein schönes silbernes Rad war nämlich kein Klapprad, das ein kaputtes Scharnier hätte haben können. Irgendetwas stimmte an der Story nicht. Als ich Luca schließlich auf einem Parkplatz erblickte, dachte ich also zunächst, dass er doch einen Unfall gehabt hatte, den er wie durch ein Wunder ohne Kratzer überlebt hat. In der einen Hand hielt Luca

Lenker und Vorderrad und in der anderen Hand ein Stück Rahmen mit dem Hinterrad – das Fahrrad war tatsächlich am dicken Rahmen vorm Lenker durchgebrochen.

Mit dem fahrradartigen Aluhaufen im Kofferraum und Luca auf dem Beifahrersitz bin ich also zur Schule gefahren. »Ich schreibe dir am besten gleich eine Entschuldigung für die Schule« – doch Luca rief seinen Lehrer kurzerhand direkt aus dem Auto an, der Unterricht hatte schließlich noch nicht begonnen. »Jo, guten Morgen, Herr ▓▓▓▓▓, ich komme heute leider etwas später … Nein, ich habe nicht verschlafen. Mein Rad ist gerade auf dem Weg in die Schule durchgebrochen … Ja, genau! … Sie kennen das?« Es stellte sich heraus, dass dem Lehrer auch das Rad durchgebrochen war. Wir hatten es beide beim gleichen Discounter gekauft.

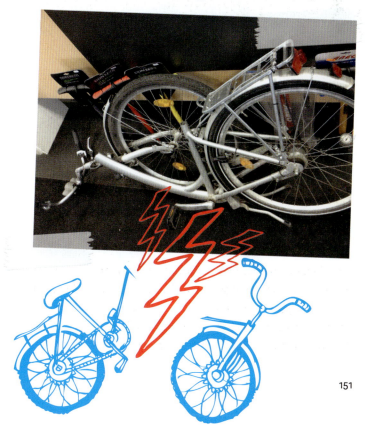

WM 2014, 7:1 gegen Brasilien - mehr brauche ich hier nicht zu sagen, haha

Zum Finale dann Public Viewing in Berlin

Endlich volljährig!
   Darauf erstmal einen
Liter Soja-Reis-Drink

Ich gehe nachts in den Pool, und was macht Mama? Den Paparazzi, Mamarazzi sozusagen

badumtss!

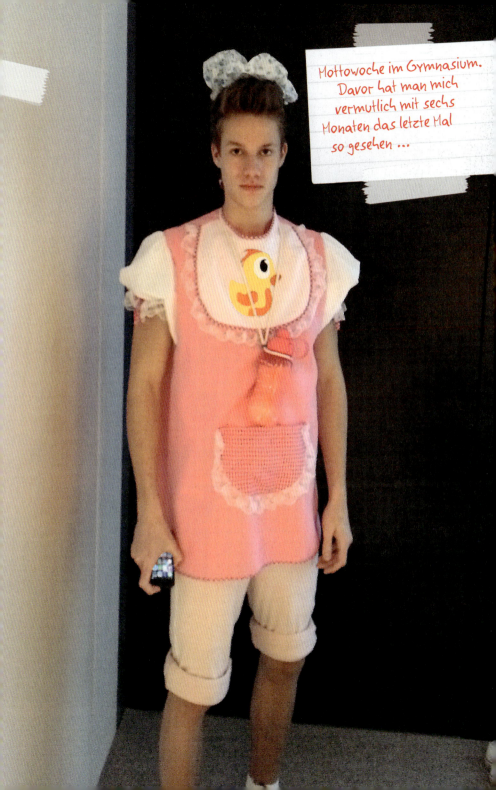

Endlich die Schule geschafft.
Unser Motto war: Abitendo –
13 Jahre geladen,
nichts gespeichert!
Ratet mal, wem der
Spruch eingefallen ist ;)

Auch im Skiurlaub
wird gehustled amk

DIE BAHN MACHT DEN SCHNITT

Nach dem Abitur wusste Luca genau, dass er studieren möchte, aber noch nicht genau was. Am liebsten natürlich YouTube. Er war aber realistisch genug, um zu wissen, dass er neben seiner kreativen Arbeit ein wirtschaftliches Grundwissen braucht. Und in Bielefeld und Umgebung gibt es tolle Möglichkeiten, sich in diese Richtung ausbilden zu lassen. Perfekt für den kleinen Drinni, das Gewohnheitstier.

Die Verwunderung war also groß, als Luca uns irgendwann eröffnet hat, dass er nach Köln ziehen und dort an einer Hochschule BWL studieren möchte. Gefühlt hatte ich ihn noch gestern auf dem Arm abgeföhnt – und nun zog er in eine andere Stadt? Die Ankündigung hat mich überrascht und auch ein bisschen traurig gestimmt. Schon während der Abizeit hat man ihn kaum noch gesehen, denn wenn er nicht in der Schule war, hat er in seinem Zimmer an seinen Videos gearbeitet. Es fühlte sich so an, als würde Luca nun nicht nur aus unserem gemeinsamen Zuhause ausziehen, sondern auch aus meinem Leben. Ich mochte die Vorstellung nicht, dass ich seine Kanäle abonnieren musste, um zu erfahren, wie es ihm erging.

Bei der Suche nach seiner ersten Wohnung haben wir Luca natürlich trotzdem geholfen: Anzeigen durchstöbert, bei Freunden in Köln gefragt und Aushänge in den Universitäten durchforstet. Im Jahr zuvor hatte er in einem Video darüber gesprochen, wie seine erste Wohnung aussehen solle. Sie sollte, natürlich, eine besonders schöne Wohnung werden. Keine kleine Butze mit 20 Quadratmetern – für den feinen Herrn sollten es ==für den Anfang schon 80== sein!

Ha, ich erinnere mich. Das war witzig von mir.

Ich wollte mit einem Freund zusammen nach Düsseldorf in eine 2er-WG ziehen, das war der Plan. In eine richtig große, schöne Wohnung. Na ja.

https://www.youtube.com/watch?v=dl9Kcfv82wM

Die Realität lag irgendwo dazwischen: bei ziemlich genau 22 Quadratmetern. So eine Wohnung in Köln ist eben nicht gerade günstig.

Durch zwei große Umzüge in Bielefeld waren wir als Familie schon sehr erprobt darin, Wohnraum zu planen. Bei Lucas Schuhkarton haben wir uns wieder sehr viele Gedanken gemacht. So haben wir es geschafft, auf den wenigen Metern eine Küche, ein Regal, ein Bett, eine Couch und einen Schreibtisch unterzubringen. Luca konnte auf jeden Fall erstmal mit seinen 22 Quadratmetern zufrieden sein. 80 Quadratmeter wären zu Beginn bestimmt eh zu groß zum Putzen gewesen!

Luca zog also erst mal in eine viel zu kleine Bude, die seinen Ansprüchen so gar nicht gerecht wurde, gelegen in einer sehr beliebten und lebhaften Gegend in Köln: in der Zülpicher Straße im sogenannten Kwartier Latäng. Namenspate für diesen Stadtteil ist das Pariser Quartier Latin. Aber die lustigen Kölner sind nicht so überkorrekt mit der richtigen

Aussprache. Das Kwartier Latäng ist das Studentenviertel von Köln. Hier ist eine Bar neben der anderen. Es gibt viele Plätze, auf denen man rumhängen kann, Trinkhallen und Kioske, eine Kirche, einen Supermarkt direkt gegenüber und das Entscheidende: eine Bahnhaltestelle. Eigentlich sogar zwei, denn an der Zülpicher Straße ist eine große Kreuzung, an der die Bahn in alle Richtungen fährt. Vor Lucas Haustür lagen also vier verschiedene Bahnstrecken.

Luca drehte immer tagsüber seine Videos. Dann ist natürlich besonders viel Bahnverkehr vor seiner Tür. Ihm zufolge donnerte die Bahn alle 30 Sekunden an seiner Wohnung vorbei. Und weil alle Fenster der Wohnung zur Straße rausgingen, hat man es immer laut und deutlich in der Wohnung scheppern gehört. Selbst mit geschlossenen Fenstern und der besten Einstellung auf dem Mikrophon hat das Geschepper der Bahn immer wieder die Sprachaufnahmen gestört. Er schickte uns oft Sprachnachrichten – im Hintergrund schepperte die Straßenbahn – und beschwerte sich über die Lage seines Zimmers und die laute Gegend. Das führte dazu, dass Luca nach dem Einzug in die neue Wohnung anfing, seine Gaming-Videos zu schneiden. Bis dahin hatte er die Videos ungeschnitten vom Start des Spiels mit allen Zwischenschritten bis zum Ende hochgeladen. Anscheinend war er der erste YouTuber in Deutschland, der Gaming-Videos schnitt. Wer hätte gedacht, dass die Lautstärke auf der Straße vor Lucas Bude dafür sorgen würde, dass sich seine Videos entscheidend weiterentwickelten?

Mama rief mich an und meinte oberschlau: »Schließ doch einfach das Fenster«, und ich erwiderte nur: »DAS IST ZUUUUUU!!!« – Ich habe sogar mit geschlossenem Fenster geschlafen ... und ich schlafe sonst auch bei –1000 Grad mit offenem Fenster und frischer Luft! Es war der Horror ...

Direkt nach dem Umzug war es noch nicht so ordentlich - danach natürlich immer sehr ordentlich aufgeräumt ;)

UND PLÖTZLICH GING ES AB!

Während Luca also gleich nach dem Abitur nach Köln gezogen war, um sein Studium aufzunehmen, hatte sich einer seiner besten Freunde aus der Schulzeit nach dem Abitur eine Auszeit genommen. Mehrere Monate lang war dieser Kumpel auf Weltreise. Luca chattete mit ihm und erfuhr, dass sein Kumpel in einer Woche für sechs Tage in New York sein sollte. Einen guten Freund für ein paar Tage in New York besuchen – Luca verliebte sich sofort in diese Idee.

Damals hat er schon sehr intensiv an seinem YouTube-Kanal gearbeitet und täglich Videos hochgeladen. Für die Zeit seiner New-York-Reise hatte er Videos vorproduziert, damit er nicht in New York an neuen Videos arbeiten musste. So auch für den Tag der Anreise, die mit über 10 Stunden sehr zeitintensiv war. Das vorproduzierte Video sollte um 14 Uhr deutscher Zeit auf YouTube veröffentlicht werden, während Luca im Flieger saß.

Kurz nach Lucas Ankunft landete ein Screenshot von seinem Smartphone in unserer Familien-WhatsApp-Gruppe. Darauf sah man seinen Kanal und den Videotitel »Diese Webseite weiß alles« und darunter eine unglaublich lange Zahl. Während er im Flieger saß und schlief, hatte er einen wichtigen Meilenstein erreicht: Über 1.000.000 Menschen hatten Lucas Video bereits angesehen. So schnell kann das gehen auf YouTube: Da ändert sich schon mal alles, während man ein Nickerchen hält.

In New York sind wir im Taxi zum Hotel eingeschlafen. Als wir aufgewacht sind, mussten wir 136 Dollar blechen. Merke: Schlafen hilft nicht immer.

Für Luca war es unerklärlich, warum ausgerechnet dieses Video so großen Erfolg hatte. Trotzdem habe ich mir das Video gleich angesehen und fand es total klasse. Luca testete eine Webseite, auf der man mit einem intelligenten Chatroboter schreiben konnte. Es entwickelte sich ein richtiger Dialog, wie zwischen zwei realen Menschen. Nach einer Weile fragte Luca den sogenannten Cleverbot, welche Farbe sein T-Shirt habe. »Schwarzweiß«, antwortete der Chatroboter. Luca starrte schockiert in die Kamera. Im Facecam-Auschnitt konnte man erkennen, dass Luca ein schwarzes Shirt trug. Allerdings ein komplett schwarzes. Dann zog Luca sein T-Shirt ein Stück hoch, und am unteren Bildrand seines Selfiefensters blitzte auf dem schwarzen Shirt plötzlich weiße Schrift auf. Durch den Erfolg des Videos hat Luca erkannt, dass es eine neue Rubrik werden kann, wenn er Webseiten testet – so, wie er vorher Spiele ausprobiert hat.

*Tatsächlich hatte ich damals mehr Abonnenten als er ... Aber er war schon mit anderen Dingen erfolgreich.

In New York wohnte auch sein neues großes YouTube-Vorbild, Casey Neistat. Ein sehr engagierter Filmemacher, der schon eine eigene Fernsehshow hatte.* Luca war ein Fan seiner Kurzfilme, also schrieb er ihm eine Nachricht und bat einfach mal locker um ein Treffen. Und Casey Neistat hat tatsächlich geantwortet – und einem Treffen zugestimmt. Ich glaube, Casey Neistat hat mittlerweile den Gronkh als Lucas Vorbild abgelöst. Er ist ein sehr erfolgreicher Unternehmer, mit einer eigenen Firma, vielen Angestellten und mittlerweile sieben Millionen YouTube-Abonnenten.

Bei dem Treffen hatte ich mich mit Casey über die Möglichkeit unterhalten, in seine App zu investieren, jedoch dann abgesagt, da ich solche Entscheidungen ungerne direkt treffe :D Hätte ich mal zugesagt, haha

HIGH-FIVE-FAIL

Im Spätsommer 2015 wurde Luca nach London zur Premiere des neuesten Films mit Matt Damon eingeladen. Luca durfte vor Ort über seine Erlebnisse Videos machen. Am roten Teppich wollte Luca auch ein paar Prominente vor seine Kamera bekommen. Ich glaube, als die Stars und Sternchen Luca am Rand stehen sahen, diesen Sunnyboy mit seiner kleinen Fotoapparatkamera, wussten sie sofort, dass er kein seriöser Journalist sein kann. Deswegen sind die meisten Promis tatsächlich an Luca vorbeigegangen ohne ihn groß zu beachten. Allerdings wollte Luca auch keine Standardinterviews führen: Er bot den Hollywoodnasen seine flache Hand in der Luft an und fragte: »High five?« Einige Unbekannte schlugen ein, aber keiner von den großen Stars ließ sich dazu herab.

Mama, das heißt Vlog!

Dann kam einer der Hauptdarsteller aus dem Film in Lucas Nähe: Chiwetel Ejiofor. Und der hatte Blickkontakt mit Luca. Luca nutzte seine Chance, hob seine Hand und fragte wieder: »High five?« Chiwetel Ejiofor schlug nicht ein, verdrehte nur abfällig die Augen und ging wortlos an Luca vorbei. Allein das war schon sehr lustig mit anzusehen. Luca blickte daraufhin ruhig in seine Kamera und kommentierte enttäuscht: »Was für ein ▬▬▬!«

Der heißt wirklich so

Dieser kleine Satz sollte eine wichtige Rolle in Lucas YouTube-Werdegang spielen. Denn diese, sagen wir: sympathische kleine Beleidigung führte dazu, dass Lucas Papa ihn darauf aufmerksam machte, dass eine andere Wortwahl vielleicht besser gewesen wäre. Mit anderen Worten: Lucas Papa machte sich mal wieder Sorgen. Sorgen, dass dieser Chiwetel das Video sehen könnte und Luca vielleicht

Nicht wirklich. Eigentlich nur für unser Verhältnis, aber das ist für dich wahrscheinlich das Gleiche.

1.000.000 Abonnenten, whoopwhoop

167

deswegen auf Schadensersatz verklagen würde. In Amerika werden oft Leute wegen Kleinigkeiten vor Gericht gezerrt, und Luca hatte schon weit über eine Million Abonnenten. So unwahrscheinlich war das also nicht. Lucas Papa wollte ihn also nur schützen und trug ihm auf, das Video unverzüglich zu löschen.

Das brachte das Fass namens Luca zum Überlaufen. Erst per WhatsApp, dann durch Sprachnachrichten und später zu Hause stritten sich die beiden, was das Zeug hielt.

Papa hat mich immer nur kritisiert, aber nie gelobt. Er war immer viel zu kritisch – und zwar nur, weil er von YouTube keinen blassen Schimmer hat.

Fazit war, dass Luca das Video seinem Vater zuliebe löschte, obwohl es bei seinen Abonnenten richtig gut ankam. Folgenlos sollte das Löschen aber nicht bleiben: Luca kam mit einer Mitteilung für uns ins Wohnzimmer. Ruhig, klar und bestimmt setzte er uns auseinander, dass wir seine Videos gucken und eine Meinung zu ihnen haben können, aber »wenn euch irgendetwas stört, dann ist mir das egal! YouTube ist mein Ding.« Rumms!

Vielleicht hätte mein Manager meinen Eltern vor zehn Jahren schon mal erklären sollen, warum ich keine Arbeiten im Haushalt übernehmen muss!)

Seitdem dürfen wir uns mit unseren Sorgen und Vorbehalten ganz offiziell nur noch bei Lucas Manager melden. Der erklärt uns dann, warum es o.k. ist, was Luca macht. Das fanden wir am Anfang etwas drastisch, aber es hatte einen sehr positiven Effekt: Seitdem gibt es keinen Streit mehr wegen Lucas Videos. Wenn wir uns nun als Familie treffen, sprechen wir nicht mehr so viel über YouTube, sondern es geht wieder um die Oma, Lucas Studium oder warum er keine Freundin hat. Normale Dinge eben.

WORKAHOLIC

YouTube, das ging für Luca nicht ohne enorm großen Aufwand. Immer weiter lernen, immer besser werden, so oft wie möglich ein Video produzieren – für YouTube gab es für Luca immer etwas zu tun. Für ihn stand Weiterentwicklung an erster Stelle. Equipment, soziale Netzwerke, die Community – genug Felder gibt es ja, auf denen er sich austoben kann. Pausenlos wollte Luca daran arbeiten. Das führte dazu, dass er immer ungeduldiger wurde – er musste so schnell wie möglich zurück an seinen Rechner und maximal viel Zeit haben, um an seinem Kanal zu arbeiten. Alles andere konnte aus seiner Sicht erst mal warten.

Familie, Freunde, Schule, Fußball, Uni wurden immer unwichtiger und gerieten ins Hintertreffen. Am Tisch konnte er nicht einfach ruhig auf sein Essen warten, sondern musste immer etwas in die Hand nehmen und damit rumspielen, um sich irgendwie abzulenken. Zum Beispiel hat er irgendwelche Stifte auf seiner Hand drehen lassen, oder ist mit Miniskateboards über das Geschirr gefahren. Ich glaube, deswegen hat er auch diesen merkwürdigen und sinnlosen Knopf an seiner Handyhülle. Hauptsache, irgendwas in der Hand haben und damit rumkaspern.

Das heißt Penspinning ...

Und das nennt sich Popsocket und hat mir und meinem Handy schon tausende Male das Leben gerettet!

In der Schule waren die Noten seit YouTube definitiv schlechter, und auch sein Bachelorstudium begann ähnlich: In erster Linie achtete er darauf, dass die YouTuberei nicht unter dem Studium leidet. Wir als Eltern hätten uns das eher umgekehrt gewünscht: dass das Studium nicht unter YouTube leidet. Zu Treffen mit uns kam er immer zu spät. Alles wurde YouTube untergeordnet. Es war klar: Er musste langsam anfangen, auch wieder mehr auf sich selbst zu achten, denn Luca war mit 19 Jahren schon ein Workaholic.

WINTER IS COMING!

Es macht mich stolz, dass Luca trotz seines Erfolges auf YouTube recht bescheiden geblieben ist und so gut wie nie sein hart erarbeitetes Geld für Blödsinn ausgibt. Wenn er dann doch mal unsinnige Kleinigkeiten kauft, zum Beispiel schrottiges Kinderspielzeug mit seinem Kumpel Max, dann besorgt er diese Dinge immerhin für seine Videos. Lucas einziges Laster: schöne Klamotten. Dafür hat er ein richtiges Faible. Dabei achtet er zwar auf die Qualität und kauft sich keinen Schund, aber er gibt definitiv mehr Geld für Klamotten, als für alles andere aus.

Ein Freund von mir sagt immer: »Es gibt drei Dinge, für die man viel Geld ausgeben sollte: Essen, Alkohol und Klamotten«. Mir reichen Klamotten eigentlich. Und Alkohol vielleicht. Und Essen ist auch nicht schlecht. Aber vor allem Klamotten!

Im Winter 2015/2016 hat Luca sich seine, wie er selber sagt, erste richtige Winterjacke gekauft: Eine hochwertige Jacke, mit der man auch noch bei minus zehn Grad problemlos draußen mit dem Kettcar fahren kann. Nach langem Hin und Her hat Luca sich für eine schöne schwarze Jacke von ██████████ entschieden. Gerade in diesem kalten Winter war eine gute Winterjacke bitter nötig, denn eine Mütze zieht Luca ungern an – die schöne Frisur würde ja sonst leiden!

Keine Werbung hier machen, Mama!

Am ersten Wochenende nach dem Kauf sollte die Jacke direkt ihren ersten wichtigen Einsatz bekommen. Als er ein Wochenende zu Hause bei der Familie verbrachte, war abends Partynacht in Bielefeld angesagt. Zusammen mit seinen Kumpels sind sie mit dem Auto in einen Bielefelder Club gefahren. Ich sag zwar immer, dass man auch die

Straßenbahn nehmen kann, wenn es doch quasi um die Ecke liegt, aber wer hört mit 19 Jahren schon auf seine Mutter? Vielleicht gab es auch einen roten Teppich, vor dem sie im Blitzlichtgewitter unbedingt vorfahren wollten.

> Nein, es war einfach eine schäbige Party.
> Ein stinknormaler Freitagabend.

Luca feiert meistens bis in die Puppen. In dem Alter findet man ja kein Ende. Alle 19-Jährigen leiden nämlich anscheinend unter dieser schlimmen Verpasser-Angst. Er kam also in der Regel sehr spät oder in den Morgenstunden nach Hause und legte sich dann am nächsten Abend auch schon mal um 19:30 schlafen. Ich denke, um die Zeit der langen Nacht aufzuholen, in der er hautnah miterlebt hat, was andere »Party-Abgeneigte« verpasst haben.

> Wieso weißt du so genau, wie lange die Partys gehen, Mama?

Abknicker oder nicht: Gegen vier Uhr morgens geht das Licht im Club an, und alle strömen zu den Ausgängen und zur Garderobe. Das Zettelchen für seine Jacke hatte Luca fein säuberlich im Portemonnaie verstaut, und da war es auch um vier Uhr morgens noch.

> Normalerweise lassen wir unsere Jacken immer im Auto liegen - so kann man sich das Geld für die Garderobe sparen.
> Aber damals hatte ich Angst, dass jemand das Auto aufbricht und die Jacke klaut.
> Außerdem war es saukalt, und die Schlange war lang! Und die Jacke war mir wichtig :D

Als er an der Reihe war, hieß es aber nur, dass die Jacke nicht mehr da wäre. Sie sei vom Eigentürmer schon abgeholt worden. Anscheinend hatte irgendjemand der Garderobendame überzeugend klargemacht, dass ihm Lucas Jacke gehört. Der Clubbesitzer hatte sich aber abgesichert: Um an die Jacke zu kommen, hatte der Unbekannte seinen Ausweis hinterlegen müssen.

Ich bin der scheiß Eigentürmer! Da habe ich im Club auch erstmal ordentlich Krawall gemacht :D

Luca hat sich also die Daten des »Jackendiebs« aufgeschrieben und sie uns am nächsten Tag vorgelegt. Die Telefonnummer rauszufinden war nicht weiter schwer. Wir riefen noch am gleichen Tag beim Dieb zu Hause an. »Du Vollidiot hast meine Jacke geklaut!«, rief Luca in den Hörer, sobald am anderen Ende abgenommen wurde. Nach einer kurzen Pause sagte er dann: »Oh, okay. Dann ist vielleicht Ihr Sohn zu sprechen?« Da haben die Eltern direkt die volle Breitseite von Lucas Zorn abbekommen. Ich kann mich nicht mehr erinnern, was Luca und der Kerl sich noch alles gegenseitig an den Kopf geworfen haben, aber konstruktive Vorschläge zur Problemlösung waren es auf jeden Fall nicht. Daher schlug ich vor, dass wir uns am folgenden Tag in der Nähe des Clubs treffen und die Sache in Ruhe aus der Welt räumen.

Drei Stunden später saßen alle an einem Tisch: Luca, der vermeintliche Dieb, der Clubbesitzer und ich. Die Jackenelster hat das ganze Gespräch lang tatsächlich hartnäckig behauptet, Lucas Jacke nicht zu haben, und gesagt, dass er überhaupt nicht wüsste, warum er verdächtigt werde. Der Clubbesitzer aber war sich genauso sicher wie Luca, denn er war derjenige gewesen, der den Ausweis entgegengenommen hatte.

Schließlich sagte der »Angeklagte«, dass sein Freund vielleicht die Jacke habe; der hätte sicher auch seinen Ausweis, den er schon seit vier Wochen vermissen würde. Der Clubbesitzer wurde stinksauer und sprang von seinem Platz

auf— schließlich stand auch der Ruf seines Clubs auf dem Spiel. Ich nutzte die Situation und beruhigte alle in ganz liebem Ton mit den Worten: »Na, das ist doch super! Könntest du deinen Kumpel mal ganz lieb fragen, ob er sich vielleicht mit deinem Ausweis die Jacke geholt hat?«

Nach insgesamt zwei Stunden Gespräch sind wir schließlich ohne Lucas Jacke wieder nach Hause gefahren. Luca

hat sich noch ziemlich geärgert und war der Meinung, dass
wir die Polizei hätten rufen müssen. Ich hingegen war mir
sicher, dass der Junge, bzw. sein unbekannter Kumpel, nach
ein paar Tagen sicher zur Vernunft kommen würde – und
wenn er sich ertappt gefühlt hätte, wäre Lucas Jacke vielleicht im Altkleidercontainer verschwunden, um die Spu-
ren zu verwischen. Zur Not hätten wir immer noch seine
Kontaktdaten. Schon einen Tag später stand der Junge vor
unserer Haustür und brachte Lucas Jacke vorbei. Sein Kumpel hätte sie tatsächlich mitgenommen, versicherte er mir.
»Na, so ein Glück«, sagte ich. »Das ist aber nett, dass du sie
extra vorbeibringst«, ließ ich ihn immer noch im Glauben,
dass wir ihm die Geschichte mit dem Freund abnahmen.
Die frohe Botschaft meldeten wir gleich dem Clubbesitzer,
der dem »Jackendieb« lebenslanges Clubverbot erteilen
wollte. Luca war der Idee nicht abgeneigt, aber mir kam
das zu hart vor. Unabhängig davon, welcher Junge die
Jacke genommen hatte, eine Verwarnung musste reichen.
Wenn man betrunken ist, es draußen friert und man noch
einen langen Nachhauseweg hat, baut man eben auch mal
Mist. Das weiß Luca wahrscheinlich auch!*Zum Abschied
gab ich dem »Jackenzurückbringer« noch mit auf den Weg:
»Überleg nochmal, ob du diesen Kumpel wirklich weiterhin
als deinen ›Freund‹ bezeichnen kannst …«

*Ja … du hast natürlich recht,
besonnenste aller Mütter!*

Um die XXXXX
aus ihm raus-
zuklagen!

Mama aka
Sherlock Holmes
haha

Diese Figur von mir ist aus einer Kooperation entstanden. In einem runden Kreis waren ganz viele Kameras aufgehängt, die mich aus jeder möglichen Richtung fotografiert haben. Daraus wurde eine 3-D-Modell von mir zusammengesetzt, dass dann in einem 3-D-Drucker gedruckt wurde. Das war echt eine coole Erfahrung. Und daneben steht mein absoluter Lieblingskuchen: russische Zupftorte!

EIN NEUES TALENT?

Bei vielen Projekten, die Luca neben YouTube startet, verstehe ich nicht, worum es geht oder warum das so viele Leute interessieren sollte. Aber als Luca erzählt hat, dass er eine Rolle als Synchronsprecher angeboten bekommen hat, gefiel mir das sofort. Luca spricht quasi ununterbrochen mit seinem professionellen Mirko, vertont viel nach und hat aus meiner Sicht auch eine angenehme Stimme. Luca sollte eine Rolle übernehmen in einem Film, der auf einem Handyspiel basierte. Das Spiel habe selbst ich mit meinen, sagen wir, 29+X Jahren, regelmäßig gespielt: Angry Birds. Luca sollte die Rolle des Boomerangvogels übernehmen. Die anderen Rollen wurden zum Teil von unbekannten Synchronsprechern, zum Teil von richtigen Stars gesprochen. Einer der Stars: Christoph Maria Herbst.

Früher hat Luca mit seinen Schulfreunden ganze Abende vor dem Fernseher verbracht und »Stromberg-Nächte« gefeiert. Mit großen Schüsseln Chips und Pizzakartons auf dem Schoß haben sie sich eine Folge »Stromberg« nach der anderen reingezogen. Stundenlang saßen die Jungs auf dem Sofa und haben sich vor Lachen kaum einbekommen. Kurz gesagt: Luca war ein großer Fan der Serie.

Nun hatte Luca plötzlich die Chance, mit Christoph Maria Herbst in der Aufnahmekabine zu stehen und sogar im Kino zu sein! Ich war neidisch und stolz zugleich, denn auch wenn Stromberg sicher nicht meine Lieblingsserie war, so hatte ich doch die Arbeit von Christoph Maria Herbst immer verfolgt. Und jetzt war es das erste Mal, dass Luca es aus der mir völlig unbekannten YouTube-Welt in meine Unterhaltungswelt geschafft hatte.

Mikro, Mama, Mikro. Irgendwie kann sie sich das nicht merken und sagt die Hälfte der Zeit Mirko statt Mikro. Ich weiß auch nicht, was da falsch verkabelt ist bei ihr.

Mir hat niemand ein High five angeboten, als ich über den roten Angry-Birds-Teppich gelaufen bin. Dabei hätte ich auf jeden Fall eingeschlagen.

Für mich waren das nur ein paar spaßige Stunden in der Sprecherkabine - zwar allein, ohne Christoph Maria Herbst, aber dennoch mega cool.

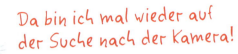

Da bin ich mal wieder auf der Suche nach der Kamera!

TOMORROWLAAAAAAAND

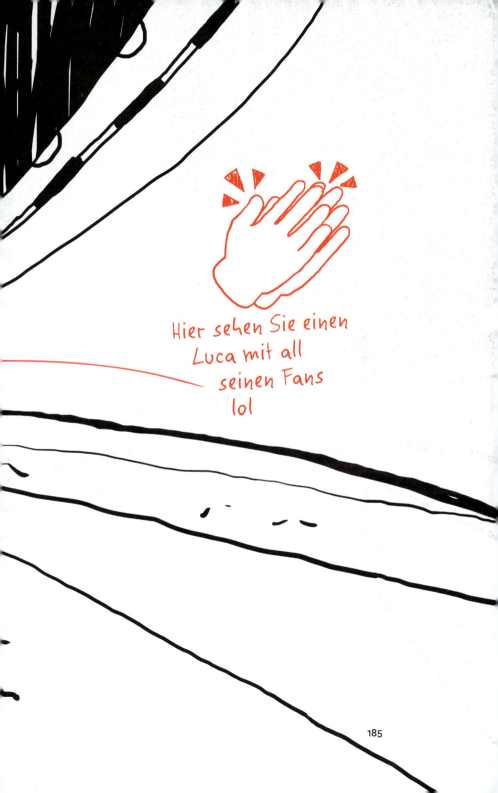

WHAT A DOG!

Durch Lucas Erfolg auf YouTube werden auch regelmäßig andere Medien auf ihn aufmerksam. Wenn es ums Geldverdienen geht, dann könnte Luca deutlich mehr machen und viele, viele Kooperationen annehmen. Aber seine oberste Priorität bleibt es, seinen Kanal auf YouTube zu pflegen. Dafür muss immer genug Zeit da sein. Auf der anderen Seite nimmt er manchmal Projekte an, obwohl es super zeitintensiv und aufwendig wird. Er macht eben nur das, was ihm Spaß macht und hört auf sein Bauchgefühl. Zum Beispiel als Luca nach Los Angeles eingeladen wurde. Dort wurde das neue FIFA vorgestellt. Wie ihr wisst, ist Luca schon seit Jahren glühender FIFA-Enthusiast. Bei dieser Einladung von Electronic Arts ging es aber nicht um ein riesiges gesponsertes Video von Luca. Er sollte lediglich seine Reise auf seinem Instagram-Account dokumentieren und das neue FIFA antesten. Ich persönlich kann es nicht verstehen, wieso er nur wegen FIFA nach L.A. fliegt, aber gut.

Nur FIFA ... tzzz

Aus L.A. schickte mir Luca dann ein Foto mit einem kleinen Hund. Der ist aber knuffig, dachte ich sofort und schrieb Luca: »Süßer Hund. Das Foto bringt dir bestimmt eine Menge Likes.« Und Luca schrieb mir zurück: »Das ist Jiff. Und der hat auf Instagram über sechs Millionen Follower.« Meine Güte, dachte ich. Ich gebe zu, der Hund ist putzig. Aber sechs Millionen Follower? Warum? Ich hab's dann mal ein bisschen recherchiert. Dieser Hund ist tatsächlich nicht nur auf Instagram rekordverdächtig, sondern auch der schnellste Hund auf zwei Beinen. Vorder- und Hinterbeine wohlgemerkt. Und Rückwärtsgehen kann er auch. *Und in einem Video von Katy Perry hat er auch schon mitgespielt. Als ich das Lucas Vater erzählte, meinte er nur: »Wenn ein Hund so erfolgreich sein kann, dann sehe ich auch Chancen

Er kann mehr als ich.

für Lucas Zukunft.« Ich glaube, man muss dieser digitalen Welt einfach mit offenen Armen begegnen. Wie und warum manche Dinge gerade gehypt werden, kann dir wahrscheinlich niemand so genau sagen. Aber die Reise, die Luca durch YouTube mit seinem Leben angeht, ist so bunt und spannend, da ist es doch schön, dass er so viele Leute daran teil- und Spaß haben lässt.

... mein meist gelikter Instapost, nur wegen Jiffpom haha :D

O SCHMERZ, DAS HERZ!

Im letzten Winter sind wir in ein schönes Wellnesshotel nach Tirol in Österreich gefahren. Dort wollten wir eine Woche als Familie entspannen. Als Mutter von zwei vielbeschäftigten Kindern freut man sich, wenn man beide Kinder überhaupt mal wieder bei sich hat und zusammen Zeit verbringen kann. Deswegen sind traditionelle Feste wie Geburtstag und Weihnachten oder eben Familienurlaube total wichtig.

Für Luca standen kurz vor dem Urlaub noch einige Klausuren an. Außerdem hatte er in jenem Jahr ein sechsmonatiges Praktikum hinter sich gebracht. Seine Passion, Videos zu produzieren, hatte er natürlich während des Praktikums weiterverfolgt, und ließ auch während der Klausurphase nicht davon ab. Tagsüber hat er sich also um die Uni und das Lernen gekümmert und spätabends noch seine Videos produziert. Oft kam er daher erst um 3 Uhr ins Bett und musste morgens um 6 Uhr schon wieder aufstehen und sich auf den Weg in die Uni machen. Damit wir im Urlaub eine entspannte Zeit hatten, wollte Luca zusätzlich ein paar Videos vorproduzieren. Das bedeutete, dass er nach Uni und Lernen am Abend noch mehr zu tun hatte. Die Nächte quasi durcharbeiten und viel zu wenig schlafen – das ist natürlich total ungesund.

*Wir fahren eigentlich immer alleine - die alten Knacker kommen nicht hinterher.

Die ersten Tage im Hotel verliefen ganz normal. Luca teilte sich ein Zimmer mit seiner Schwester und war bei gutem Schnee auch mit ihr auf der Piste Ski fahren.* Am Wochenende sollte dann im Hotel eine Party stattfinden, die Luca natürlich nicht auslassen konnte. Luca war schon gut dabei,

Normal bin ich am Start!

als sein Papa und ich ins Bett gegangen sind, und anscheinend war er noch mehrere Stunden wach. Am nächsten Tag haben wir ihn erst zum Abendessen wiedergesehen. Er saß am Tisch und beklagte sich die ganze Zeit, dass ihm ganz schwummerig und schlecht sei. »Selbst dran schuld, junger Mann, wenn du so viel trinkst«, dachte ich da noch. Entsprechend früh ist er also wieder ins Bett gegangen.

Um drei Uhr nachts wurde ich dann von Luca aus dem Bett geklingelt. Ein verängstigter Luca hyperventilierte mir durch das Telefon ins Ohr und sprach von Herzrasen. Panisch kam er zu uns ins Zimmer und legte sich zwischen seinen Papa und mich. Ich hielt ihn im Arm und fühlte sein Herz: Es stolperte.

Ohne Scheiß: Ich dachte, dass ich in dieser Nacht sterben würde ...

Es gibt ein paar Tricks, wie man sich selbst wieder beruhigen kann. Man kann zum Beispiel in eine Plastiktüte atmen, oder sich selbst sagen, dass alles wieder gut wird. Bei Luca hätte wahrscheinlich nichts davon geholfen. Also kochte ich ihm einen Beruhigungstee (unser Apartment war gut ausgestattet), gab ihm eine Magnesiumtablette und nahm ihn für einige Minuten mit an die frische Luft. Zurück im Zimmer schlief er mit meiner Hand auf seinem Herz ein.

Während ich so im Bett lag und über Lucas stolperndes Herz nachdachte, fiel mir ein Syndrom ein, von dem ich von einer Freundin gehört hatte. Das haben wohl viele Leute in der amerikanischen Medienszene. Da arbeiten sich wohl viele um den Verstand, treiben Sport, schlafen zu wenig und machen dauernd Party. So ungefähr war auch Lucas Alltag.

Am nächsten Morgen fuhren wir in den Nachbarort zum Arzt. Es war Wochenende, und die Wartezimmer waren entsprechend voll. Ohne Termin mussten wir mehrere Stunden warten, bis wir den Arzt sehen konnten. Er machte Blutuntersuchungen und ein EKG. Luca konnte auch schon wieder lächeln. Die Diagnose lautete wörtlich: »Akute Rhythmusstörungen einer Sinusbradykardie; innere Unruhe«. Aha, dachte ich: das Holiday Heart. Der Arzt empfahl Luca, nach dem Urlaub weiter in Behandlung zu bleiben und sich in seinem Alltag mehr Ruhepausen zu gönnen.

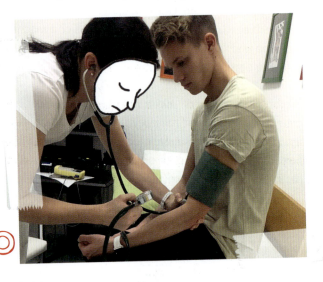

Solche Diagnosen kriegen viele Workaholics, die kurz vor einem Burnout stehen. Mit Anfang 20 in der Klausurphase, das war schon ungewöhnlich. Lucas Problem ist dabei natürlich, dass er mehrere Videos vorproduzieren muss, um sich mal entspannen zu können. Also hat er zwangsläufig erst mal deutlich mehr zu tun, damit er später ein bisschen Ruhe haben kann – denn mal einen Tag kein Video hochzuladen, das steht nicht zur Debatte, das ist ausgeschlossen! Als besorgte Mutter würde ich mir wünschen, dass

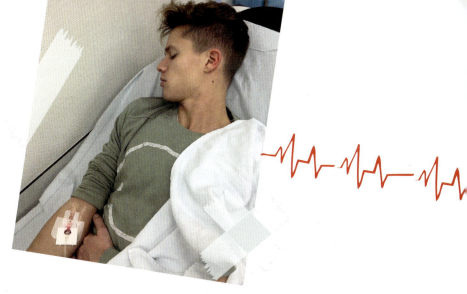

Luca alles etwas ruhiger angehen ließe. Aber Begriffe wie »Langeweile« oder »Nixtun« sind ihm fremd.

Habe keine Zeit für einen Burnout lol

Seit diesem Zwischenfall in Tirol hat Luca sein Leben ein bisschen umgestellt. Er hat den Alkohol lange Zeit weggelassen und den Bachelor geschafft und somit nun eine große Baustelle weniger im Alltag. Und ich bin natürlich immer für ihn da, um sein Herz oder sein Händchen zu halten.

Awwww <3

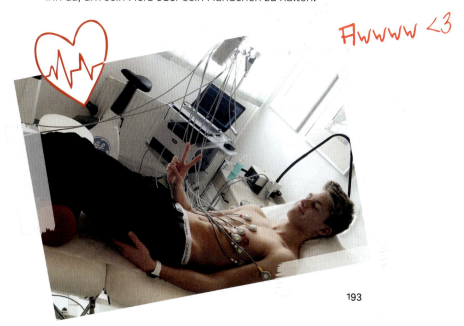

Das Foto hatte verdammt viele Likes. Was man darauf nicht sieht: dass ich mir vor Höhenangst fast in die Hose gemacht habe. Diese Brücke war gefühlt 1.000 Meter über dem Boden, ewig lang, der Wind hat geblasen und die ganze Brücke zum Schaukeln gebracht – und ringsum war nur so eine braun verschwimmende Baummasse. Das war wirklich kein schöner Moment in meinem Leben.

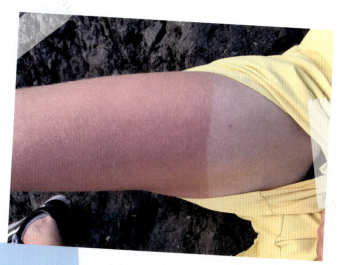

Ich bin mit einem Kumpel nach Teneriffa geflogen. Dort waren es 19 Grad, die Sonne hat nicht mal richtig geschienen. Trotzdem war DAS mein Sonnenbrand ... viel zu heftig :D In den folgenden vier Tagen haben wir drei Tuben After-Sun-Creme gekillt!

Luca und drei Freunde auf einer Brücke. Meiner Mama gefällt das.

DAB in L.A.

Damit endet dieses Buch leider schon. Vielleicht erscheinen aber aus Lucas weiterem bewegten Leben neue Stories, die er nicht erzählt, und die von wem auch immer als Buch oder auf einem YouTube-Kanal veröffentlicht werden ... Also, das ist noch lange nicht das Ende – Fortsetzung folgt!

Soo, das war's jetzt hier mit dem Buch!
Mittlerweile ja sogar schon mein 2. Buch, voll irre ...
Hätte nie gedacht, dass ich irgendwann mal »Autor« sein werde.
Es gibt definitiv viel krassere Bücher und Geschichten,
aber ich bin dennoch sehr froh, dass meine Mutter und
ich die Möglichkeit bekommen haben, das hier machen zu dürfen.
Wir hoffen, dass euch dieses Buch gefallen hat und
mein Leben eventuell nicht zu langweilig zu lesen war :D Danke
nochmal, dass ihr euch dieses Buch hier gekauft habt :)
Schöne Grüße von meiner Mutter und mir,
vielleicht treffen wir uns ja bald mal :) <3

Euer Luca :)

107 Facts, 12 Commands und 1 ConCrafter machen euch zu einem echten Minecraft-Experten

ConCrafter hat tief in seine Minecraft-Wissenskiste gegriffen und neue Facts, coole Commands, schöne Seeds, phantastische Shader und spannende Mods herausgeholt. Hier erfahrt ihr, wie ihr an Regenbogenschafe kommt, Text in die Luft schreibt oder Creeper fliegen lasst. Außerdem erzählt ConCrafter die witzigsten, peinlichsten und aufregendsten Geschichten aus seinem Leben. Und: PXLWLF, Rotpilz und GommeHD erzählen von ihrer Minecraft-Begeisterung und Krancrafter, Stegi und Sturmwaffel geben euch die besten Tipps für PvP-Matches.

ConCrafter
**ConCrafter –
Neue Minecraft-Facts
und Commands**
Band 0201

Das gesamte Programm gibt es unter
www.fischerverlage.de

fi 8-0201 / 1